小说家的散文

付秀莹 著

或者慰藉
或者馈赠

河南文艺出版社
·郑州·

作者简介

　　付秀莹，《中国作家》副主编，中国小说学会副会长。著有长篇小说《陌上》《他乡》《野望》，小说集《爱情到处流传》《朱颜记》《花好月圆》《锦绣》《无衣令》《夜妆》《有时候岁月徒有虚名》《六月半》《旧院》《小阑干》等。曾获多种文学奖项。其中《陌上》荣获施耐庵文学奖，入选《当代》长篇小说年度五佳（2016）、《收获》文学排行榜（2016）；《他乡》荣获十月文学奖，荣登 2019 年度中国小说排行榜，入选《当代》长篇小说年度五佳（2019）；《野望》荣登 2022 年度中国小说排行榜、扬子江文学评论长篇小说排行榜、第七届长篇小说年度金榜、中国新闻出版广电报年度好书榜，入选"十四五"国家重点出版物出版规划。部分作品译介到海外。

目　　录

1

2

辑三　小说们

辑一　梦想

别忘记写作

青涩的疼痛

我该如何描述我的中学时代呢?

我偏科得厉害。理科,尤其是数学,糟糕透顶。在整个中学时代——初中和高中,数学是我逃不脱的噩梦。我把大把的时间花在数学上。对所有的数学老师,我都心怀敬畏。那些奇怪的算式、定理,那些阴险的算计、狡诈的陷阱,那些数字的迷宫、无物之阵,从他们的嘴里汹涌而出,我永远也不曾谙透。我坐在多年以前中学时代的教室里,望着数学老师一张一合的嘴巴,内心充满了绝望和无助。直到今天,我的梦里依然会出现那样的场景:考试。我面对数学试卷苦思冥想。周围的人一个个从身旁走过,完成的试卷在他们手中发出细碎的声响,喜悦而得意。转瞬间,偌大的考场只剩下我一个人，眼前的试卷，空空如也。交卷的铃声骤然响起，我惊醒了。夜色温柔。我靠在现实的床头，冷汗淋漓，回味着梦中的种种，内心充满了侥幸，还有感激。

也有得意的事。文科很好。语文和英语，尤其好。最喜欢的是作文课。那时候，开始发表作品，散文、诗歌，当地的一家报纸还为此做了推介，照片、简介、创作谈，郑重其事。我记得，那篇文字叫作《人生学步笑蹒跚》。那是我的第一篇创作谈。忽然就有了很多人的关注。常常有读者来信，寄到学校。走在校园里，总有目光投过来，落在我的身上。我的文章被外班的老师抄在黑板上，逐句解读。教室门口，常有外班的同学探头探脑，他们是来看我的。后来，很长一段时间里，我还保存有那张报纸。照片上，那个羞怯的女孩子，紫色的纱巾，有些婴儿肥，冲着镜头笑得没心没肺。

当时的语文老师，也是我们的班主任，是一位很有风度的男性，更重要的是，才华横溢。入学后的第一堂作文课，他站在讲台上，问，谁是×××？我犹疑地站起来，忐忑不安。他问了我几首诗词的出处，都是我作文里的句子。然后，他让我坐下，朗读了我的作文。我坐在座位上，把发烫的面颊埋在两肘之间，听自己的文字被老师用普通话充满感情地念出，内心充满了欢喜。很多女生因此嫉妒我。重点高中的女孩子，大多心高气傲，而且，都是有秘密的年龄了。记得寒假前一个晚上，我正在宿舍里，有同学来叫，出来一看，是语文老师。他问我什么时候回家，然后，说了一

4

句话:别忘记写作。我答应了。现在想来,多年前的那个冬夜,我的老师,他到女生宿舍楼下,或许,就是为了叮嘱我:别忘记写作。

别忘记写作。后来,我常常想起这句话。我一直固执地认为,正是这句话,为我后来的文学梦埋下了种子。

高二分科,我进了文科班。语文老师换了。我却依然把自己的习作给他看。每个周五,下午,最后一节自习课,我捏着一沓稿纸,去楼下找老师。他在二楼。弯弯曲曲的楼梯,像一个令人费解的谜,幽暗、曲折、深邃。一个执拗的女孩子,在多年前午后昏暗的光影里,走过这一段青涩的岁月,去往未知的远方。

那两年,高一和高二,我在繁重的课业间隙,疯狂地写作,或者叫作涂抹。那几个厚厚的习作本,是我青春岁月里唯一的抚慰。一面是令人痴迷的写作,一面是永远无法泅渡到彼岸的数学的题海。我在两重天地之间彷徨、进退,受尽煎熬。高三,我停止了写作,全力准备高考。我拼了命。所幸,成绩还不错。那时候,我是英语课代表。英文诗刚刚拿了一个国际奖项。填报志愿的时候,英语老师、班主任,还有我原来的语文老师,他们一致认为,我应该报考就业前景广阔的英语。而中文,或者写作,简直是一种前路渺茫的冒险。对于女孩子,尤其如此。于是,我选择了英语。

然而,我却失败了。惨败。带着学校特批的查分申请,我到省城查分。陌生的城市街头,阳光酷烈。我不知道应该去往哪里。闭门羹，白眼，冷嘲热讽。生平第一次，我尝到了落魄的滋味。无功而返。多年以后，当我经历了人生的甘苦，辗转来到北京，整整五年之久，我才知道，自己当年，究竟错过了什么。才知道，什么叫作造化弄人。

我想，这不是别的，这一定是命运。

后来，我常常试着从时光深处，把那一年的七月找回来。令人惊讶的是，我无法做到。或许，人的记忆真的是有选择的。对于那些充满伤痛的段落，我们选择了有意忽略。唯一记得的是，考试前，父亲来看我。学校离家有百余里路。父亲带了很多食物，有一种饮料，冰爽可口。那是我第一次喝雪碧。那年的高考，似乎是一场梦。一觉醒来的时候，我发现自己躺在家里的床上，阳光晒着窗子，蝉鸣如雨。梦里的一切，那些人和事，都已经面目模糊，不可分辨。有时候，我会突发奇想，那个七月，是不是曾经真的存在？那次决定命运的高考，难道真的是一场梦？

直到现在，我都没有跟高中时代的同学有过任何联系。我无颜面对。语文老师，也没有再见过面。记得大学的时候，曾收到过他的来信。他说，他保存了我当年几乎所有的手稿。我反复看着这句话，我的泪流出来了。

后来，我一直想同他联系，可是，又觉得不知该从何说起，只有作罢。其时，我已经在省城一所学校教英语，工作顺风顺水。也经历了一些世事。很多人，很多事，很多值得珍视的东西，年少时的一些旧梦,都不愿再度想起,甚而渐渐忘却了。

我的2009

在我的时光刻度上,2009 年,应该是值得记忆的一年。

这一年,是我到北京的第五年。五年,在岁月的长河里,不过是一朵细浪,转瞬即逝。而对于个体,却是生命历程中一段不容忽略的印迹。一些人和事的代谢和更替,经过时间的冲刷,洗去铅华,渐渐显示出其本来的质地。生存境遇的变迁,精神境遇的震荡,价值的颠覆,心灵的成长,经过光阴的磨砺,在 2009 这一年,注定酿造出一串果实,虽然疼痛,然而也芬芳。

上半年,整整六个月,我处在一种焦虑和忧郁纠结的旋涡中。身心俱苦。所幸,我还有写作。我想,写作,一定是命运赐予我的一支手杖,在我举步维艰的时候,支撑我走过每一道关隘和坎坷。一定是。每一个夜晚,我面对着电脑,把内心的疼痛一点一点敲出。夜阑人静。无边的黑夜包围着我。寂静之外,还是寂静。只有我,才能够听到来自内心深处的喧哗与骚动。这个时候,除了倾诉,我还能够做些什么?

窗外,响着元宵节的鞭炮,是盛世良时的欢乐氛围。我坐在电脑前写这篇文字,忽然就想起了去年,此刻,也是元宵节,我从地铁里出来,夜色中的京城华灯闪烁,鞭炮声在寒洌的空气中此起彼伏。一个人在繁华的街头踟蹰,内心一片荒凉。那一刻,我格外思念我的母亲。她已经在十一年前远行,把我抛在这荒冷的人世,独自面对世事的艰辛。书桌上,有一帧儿时的照片。花衣,独辫。拂去时光的尘埃,我仿佛看见,母亲如何亲手用红丝绳扎住我任性的发辫。那是我儿时留下的唯一的照片。孤独的时候,我让它陪伴着我,时时拂拭,就像母亲在我身边。

而今,当一切慢慢平复,站在时间的洪流中,打量过往的一切,忽然就有了一种释然和超脱。命运是公平的。它关上了你的一扇窗子,总会在你不经意间,为你把另一扇窗子打开。我相信这句话。

这一年,写作有了一些收获。发表了十几部小说。其中有一些得到认可,获了一些奖项,有了相对多的读者。对于一个写作者来说,这是值得欣慰的事。

于我而言,或许写作就是命运打开的另一扇窗子。透过这扇窗子,我看到了一个丰富迷人的世界。因了写作,有了更多的朋友,也有了一些机遇。其中,有的遇合,令我一生珍视。

2009,这一年的冬天格外寒冷。罕见的冰雪,令人们备尝严寒之苦。我却在这个冬天,第一次感受到生命中迟来的那份暖意。

我常常想起多年前我的语文老师的那句叮嘱:别忘记写作。

是的,别忘记写作。无论如何,这将是令我铭记一生的叮嘱。

多年前的烛光闪烁

这么多年了,在日常生活的泥淖中辗转不安的时候,心里总有一个声音对我低声劝慰:没事的,别怕。这声音低沉,却有力,带着某种打动人心的镇定。世俗间纷飞的灰尘便慢慢落定。天空澄澈,大地无边。一种柔情并豪情渐渐升起,把胸间胀满。窗外,是盛夏的京城。金影银影交错,间杂着绿树的烟云。这个世界是美妙的,而人生苦短。我该如何度过这千差万错却又不及修改的一生?

前些天,忽然有旧日的老师联系。将近二十年了,当年那个痴迷写作、数学一塌糊涂的女生,在将近二十年的光阴中,在一个人的命运中,俯仰不定。二十年,对一个人算不得短暂。人生有几个二十年?听当年的老师在电话里描述当年的自己,那些细节遗落在时光的缝隙里,覆盖着厚厚的灰尘,那一瞬,有恍然如梦的错觉。我分明听见时间的洪流在耳边滔滔逝去的喧哗。正定,那

9

一座古老的小城，有着我懵懂的年少岁月，学业、前途、命运，像一座坚硬的大山，将我牢牢镇压着，动弹不得。我在喘息的间隙，在稿纸上疯狂地涂抹，怀着近乎罪恶感般的负疚。一个高中女生，对堆积如山的复习资料视而不见。那个时候，她的眼里只有写作，顾不上别的。某一个晚自习课，因为忽然停电，教室里点着蜡烛。老师在烛光下，朗读我幼稚的诗歌。老师是班主任，教历史。多年以后，我依然记得那个场景：烛光点点，一簇簇火焰跳跃，而青春的热血激荡，心跳如鼓。那个夜晚，枯燥艰难的高中时代湿润迷人的段落。我不知道，有一种叫作梦想的东西，在那个夜晚，埋下了深深的种子。而前路苍茫，发芽的日子还远未到来。

是偶然吗，抑或是命运对我不务正业的惩罚？那一场命运攸关的考试，令我一败涂地。对于一个乡村出身的孩子，这无疑是最无情的宣判。我在命运的鞭子下被迫前行，跌跌撞撞。也曾经有过挣扎，甚至反抗，然而，四周是坚硬的生活的壁垒，仰面只见一线天空，狭窄，却宁静，仿佛是生活给我的某种暗示。之后，在很长一段时间里，我屈从了。日常生活的灰尘渐渐把我湮没。琐碎，却温暖，有着惊人的消磨和腐蚀的力量。我不是一个蔑视世俗幸福的人。对幸福，我甚至比常人有着更多的渴望和想象。或许是身为女人，天生对现世安稳怀有一种迷恋，或者依赖。在日复一日的生活中，我渐渐变得安宁。岁月平静，而人生如寄。还有什么不安宁的呢？

然而。然而啊,然而。如同一篇小说的叙事,最出人意料,也最值得期待的,是那一江秋水之后的转折,是偶然的波澜,抑或是必然的命运? 是啊,命运。当我们在生活面前无法自圆其说的时候,总是归咎或者归功于命运。命运是宽宏的,它包容我们的一切。命运也是博大的,在它面前,总能见出我们的小。当风吹过水面的时候,一江涟漪惊起。其实,那不是来自外部的世界,那是我们内心的风声。风从时间的深处吹来,把习以为常的日常吹乱。秩序之外,有一个叫作梦想的家伙,探头探脑。它在生活的篱笆外面,发出细嫩的尖芽,疯狂生长。那时候,我正在世俗生活中昏昏欲睡,青春即将被挥霍一空。我貌似老练地在日常生活中流连,左右逢源。旧梦依稀,不是忘却,是不愿再去深究。然而,就在某一天,我被篱笆外面的一种气息蓦然惊醒。那是动荡的迷人的气息,有一种蛊惑人心的魔力。终于,还是有了这一天。生活在向我使眼色。我不能掉头而去。那么,是在安稳现世中了此一生,还是在痴爱的文字中重新活过,遍尝甘苦?

　　时至今日,我依然不后悔当初的选择。或许,写作是一味药,可以疗救人生的虚妄。而尘世苍茫如海,孤单脆弱如我,该如何泅渡? 时光像一把飞刀,刀刀催人。在目力可及的生命长度中,如何尽可能地获得人性的宽度和深度? 如何在肉身化为泥土之后,留下精神不安不息的痕迹,留下血肉模糊的证词? 以我有限的能力所及,写作,唯有写作。

是写作，令我保持着对生活的好奇与激情，令我在命运的流矢掠过额角的时候，不致惊慌失措。同样是因了写作，世界向我打开了一扇神奇的窗子。它徐徐打开的过程，是令人心神激荡的过程。写作是艰难的精神的事业。然而，它的魅力，足以抵消甚至补偿其间筚路蓝缕的心灵磨难。

　　这么多年了，我并没有写出好的文字，让读者喜欢，让自己满意。沮丧，甚或气馁，也是有的。但我从未绝望。

　　我的内心，总闪烁着多年前的烛光。它从二十年前的北方小城，从那个迷人的夜晚穿越而来，把现在和未来照彻。如此温暖，如此明亮。那是梦想的光芒。

梦开始的地方

算起来,真正开始写小说是在研三。那个暑假,北京连日大雨。我躲在房间里敲电脑。窗外,风声雨声,一片混沌的世界。这是我严格意义上的第一部长篇。

此前,还有一部,我至今都不敢提及。说来话长。研二的时候,梁晓声先生找到我,说央视请他写一部电视剧本,题材是有了的,故事的梗概也有。梁先生颈椎不好,就想请我先写成小说,再改编。说实话,这真是梁先生的器重和厚爱。梁先生是我的恩师,在为人为文方面,一直予我颇多教益。就这样,我懵懵懂懂开始了小说创作,而且,是长篇。

我承认,多年以来,我一直对文学怀有很深的情结。从小学开始,我的作文,都被老师当作范文,在班上诵读。高中时代,我开始发表作品,散文,诗歌。我的诗被各班的语文老师抄在黑板上,一字一句地品读。《语文周报》曾经做了我的专访,照片、创作谈,简直郑重其事。走在校园里,迎面走过的男生会大声朗诵我的诗句,然后,拿眼睛看我。我装作满不在乎的样子,昂着头,或者低首,自负而矜持。现在想来,那真是青春年华里一段狂妄的岁月。是我生命的绿洲,草肥水美。大学,我读的是英文系。这是老师们的善意。那时候,我英语很好,是课代表。老师们的一致意见是,我应该选择就业前景广阔的英语,而中文,在他们看来,无法给我一份体面的生活愿景。多年之后,当我放弃省城稳定的教职,负笈北上,重新成为一名中文系研究生的时候,夜晚,站在大学校园里,抬头看天,北京的夜空澄澈、清朗。我在心里对自己说,这里,是梦开始的地方。

读研期间,我把自己泡在图书馆,恶补。我疯狂地读书,记笔记。我是那一届最用功的学生。这么多年,我把自己给了生活,给了英语,给了教学,我获得了各种称号、荣誉、认同、赞美。可是,我不快乐。我知道自己是怎么回事。当初,打算考研的时候,我想,只给自己一次机会。一次。我把这次机会看作人生的转折。我不知道自己究竟要去北京做什么,但我知道,我不愿意屈从于生活。我要追寻早年的梦。应该说,我是幸运的。在这一届中,我是唯一一个被录取的跨专业考生。不久,我开始陆续发表作品,但不是小说。我写评论。我的专业是中国现当代文学。最初,我的导师希望我在理论方面有所建树。硕士之后,读博。这也是我对自己的人生预设。然而,有一天,事情发生了变化。

现在,我还要谈谈那部小说。可以说,正是通过那部小说的写作,我才意识到,我苦苦寻找的文学,原来在这里。一开始,我是立意要把这部小说当作命题作文来完成的。人物、故事,甚至结局,都有了,是梁先生和导演反复磋商过的。我只需老老实实写下来,就好了。当然,这个梗概很简单,只是一个空的架子。我必须赋予它生命。血肉、筋脉,乃至心跳和呼吸,都需要细细思量。我满怀信心地开始了。废寝忘食。当时没有电脑,手写。然而,问题来了。当我跟着我的人物一起悲欢歌哭的时候,我发现,我很无力。他们的一喜一怒、一言一行,都只能听之任之。我奈何不得。仿佛一个在丛林中奔走的孩子,每一条交叉的小径,都充满了诱惑与变数。我选择了这个方向,就失去了另一方向的可能。问题是,在更多的时候,我别无选择。我只能听命于我的人物。无数的细节,在路边的草丛里闪闪发亮;枝蔓交错的树叶深处,果实累累垂挂,时而呈现,时而隐匿。我只需俯身拾起,或者抬手摘下。这个发现令我很惊诧,也很惶恐。当然,也有兴奋和激动。结果,可想而知,这完全是另一部作品——面目全非。我是说,我没有能够圆满完成这个命题作文。为此,我感到不安和愧怍。是我,把一个很好的题材写坏了,而且,影响了央视剧本的改编和拍摄。对此事,我一直耿耿于怀。后来,我偷偷地把这篇小说投给了《芙蓉》,编辑竟然给予肯定,说后面有些地方最好做些修改。这是我的第一部长篇。第一次投稿,一个素不相识的编辑,在邮件中给了我如此恳切而郑重的意见,对这一切,我心存感激。这篇小说一直搁置,我没有再作他想,也没有修改。直到现在,我还保存有厚厚的一摞手稿,圆珠笔迹,细小的字,稠密而严正。所有的狂想、困惑、痛楚和欢欣,都在里面了。这是我的处女作。稚嫩,狂妄,为所欲为。然而,正是从这个不成熟的长篇,令我对文学,对小说创作,有了最深刻的认识和最痛切的发现。也正是从那时候,我开始认真思考写作这回事。我开始试着写短篇了。那一年,是 2006 年。

2008 年,我的第一篇小说在《特区文学》第 2 期发表。其实是一个长篇,篇幅所限,发了五万字。后来,《文艺报》和《文艺评论》对此给予了评价。大约是 4 月,一个偶然的机会,在鲁院学习的几个朋友来报社小坐,闲聊之际,谈到小说,我很羞怯地告诉他们,我也在写。当时作家王十月正坐在我的电脑前,我顺手打开桌面上的一个文档,是我的一个短篇。他看。我们几个继续闲谈,笑,接电话。我们把王十月忘记了。很久,王十月才转过身来,说,如果不是你们这么吵,我会哭一场。你发了吗? 这小说,可以在任何一家好的刊物上发表。我不笑了。我们都不笑了。都凑过来,看小说。李美皆说,我从来不做作家作品个案研究,这篇小说,我破例。后来,这篇小说给了作家李浩,他也颇喜欢,发在《长城》第 6 期。

有人说,我的文字里有张爱玲的味道。也有人说,像萧红。也有说汪曾祺的。总之,我的文字涩,不光滑;淡,却有深深的痛感在里面。著名批评家、北京师范大学张清华教授则用了一个令我汗颜的词，活色生香。对这些评价，我认真听了，只是笑。心里却是惭愧得紧。我明白，我就是我。每一个人的文字都是独特的。对语言，我似乎有一种天生的敏感。我热爱汉语，喜欢在语言的方阵里探险和突围。小说，是语言的艺术。这话说得极是。从审美趣味上，我属于比较古典的一路。我喜欢旧的东西。淡淡的、忧伤的、缥缈的，如同午后的阳光，照过来，隔了帘子，一地的碎影。读研的时候，狂热地迷恋过填词。终因畏难，不了了之了。然而，也欣赏现代主义。卡夫卡、昆德拉，读着，惊叹着，背上出了一层薄薄的细汗。也仅止于惊叹。

前几天，同一位做文学批评的朋友交谈，他说，我的乡村叙事远比城市叙事要丰沛自然，能量巨大。我承认。乡村，也许是我穷其一生都在回望和探寻的故园。我以为，那里有着丰饶的精神资源。阳光，泥土，庄稼，青草，每一滴露水，每一片草叶，都蕴含着生命的秘密，幽暗而深远，让我迷恋。然而，当下的城市生活，人与城，人与人，其间欲说还休的纠葛与较量，人心的撕裂和迷惘，生活褶皱里细微的、不为人体察的难言之隐，也是我执意探究和试图揭示的。小说，究竟要表现什么？我想，每个人都有自己的偏好。至于我，我更愿意发现那些人性中的模糊地带，那些似是而非的区域，隐秘，灰暗，不明朗，不纯净——我对这些有着非常的兴趣。**我愿意努力用小说去发现。**

梦想是一把柔软的刀

从来没有想过,有一天,自己也会写小说。

当然,我承认,关于文学的模糊的梦,是早就有了的。我出生在乡村,很小的时候,却又离开乡村。这真是一种尴尬。童年的乡村已不复。而今的乡村,却又是我疏离已久的故土。我不知道,我是否还能够用小说,追寻那一片远去的乡土。说来真是令人悲凉。当初,怀揣着梦想,执意要从那片土地上走出,去往远方。多年以后,在城市的喧嚣里身心俱疲的时候,魂牵梦萦的,竟还是身后那个渐行渐远的乡村。每次回乡,我都要沿着那条村路,绕着村庄走一走。或者,去河堤上,走很远的路,到河套里去。庄稼,牛羊,村舍,劳作的农人,田埂边盛开得耀眼的野花。这一切,都令我悲喜交集。我愿意用我的笔写下他们。在我的小说里,有很多乡村人物,他们既淳朴又狡猾,既温良又冷漠,既旷达又狭隘。我爱他们。在他们面前,我时时感到自己的小。小米们,小灯们,九菊们,还有翠缺、双月,被时代风潮吞没、独守空院的迟暮老人……他们是我的亲戚、我的乡邻,或者说,他们就是我自己。这就有一个问题。如何对待你自己?这是一种考验。我也时时反省,是不是,我总是心太软?我不忍将他们逼入绝地。我想留希望给他们。那些美好的生命,在悬崖上进退失据,我总愿意将他们奋力挽回。我不愿意看见美好的事物在转瞬间破碎,零落成泥。尘世浑茫。我愿意用自己的文字,轻轻抚摩这个世界的伤处,给饱受风霜碾磨的人们,带来一些温暖的慰藉。对于恶的描写,我一直尽力回避。不是不能,而是,不愿。或许,以后我会改变。但是现在,我更愿意我的文字深处有一把刀,柔软,却锋利,能够以温柔的力度,给人心以绵长的触痛。纵然是微不足道的一抚一击,只要有灵魂的战栗,有人心的起伏和波澜,或也算作尽了小说的本分。柔软和锋利,是一对悖论。我渴望在这个悖论中寻求某种奇迹,刀光闪处,一些生命疑难迎刃而解。

我偏爱那样一类小说,迷离、丰润、辽阔、暧昧难明。在审美趣味上,我大概属于比较古典的一路。大学的时候,一位国画老师拉住我,要给我画仕女图。我极力推拒,才得以脱身。这件事,令朋友们嘲笑很久。或许,相对于激烈动荡,宁静和含蓄更容易唤起我内心的愉悦与认同。相对于艳光四射,我更钟爱贞静幽艳。拂去时光的尘埃,事物本身的质地慢慢浮现,那柔和的光泽,以及年代久远的气息,令人莫名地心碎,黯然神伤。读研的时候,曾疯狂地迷恋过填词。给朋友短信,也多是"小荷晚晴涵碧,占尽绸缪"之类,或者"念急管繁弦,苦风流云散",惹来一捧的笑柄。

文学本质是诗性的梦。在这个物质的时代,诗意,是一种美好而珍稀的存在。我愿意我的文字能够给这个世界带来些许的诗意,带来一种升腾之美,使人们得以从艰难世事中昂起头来,回首,或者眺望。哪怕只是片刻的遐思,或者沉醉。我不是唯美主义者。虽然,我承认自己多少有那么一些理想主义。这是两回事。我也热爱人间烟火。喜欢在小说中描写热气腾腾的世俗生活。诗意和烟火气,它们不矛盾。我喜欢在热气腾腾的人间烟火中,发现生活本身具有的点滴诗意。有诗意,就有飞翔。我愿意看到沉滞的生活生出飞翔的翅膀,在某一个时刻,远离尘世。

也写城市。城与人、人与人之间的种种纠葛、较量,微茫的喜悦,欲说还休的隐秘伤痛,也是我执意探究和试图揭示的。无论乡村还是城市,小说努力表现的,我以为,总不外人性。忘了是哪一位作家说过,小说中,总要有坏人。好人爱听坏人的故事。坏人也爱听坏人的故事。我想,大概没有人对好人的故事抱有兴趣。我的小说里,常常有一些坏人。他们坏,但坏得不彻底。这就是人性的耐人寻味之处。大是大非、大善大恶,在我的小说里不易找到。相反地,人性中那些模糊地带,那些细小的褶皱、罅隙,不为人知的破碎,暗潮涌动的战栗和波澜,心灵的流浪和迁徙,精神行旅的颠沛流离,那些黑与白之间的灰色区域,不明朗,不纯净,似是而非——我对这些有着非常的兴趣。

一直梦想着能有一把刀,它藏在文字深处。柔软,而锋利;有温度,也有力度。这是我对小说的野心——虽然,这野心近于白日梦般的辽远缥缈。然而,小说者,正是作家的白日梦。我愿意沉湎梦中,长睡不醒。

语文课

在多年的校园生涯中,最令我热爱并为之着迷的,是语文课。

我在乡村度过了完整的童年时代。那个年代的乡村,自然没有可供选择的书籍。然而,我们有语文课本。

你一定不知道,小小的语文课本,在我童年时代的精神生活中,扮演着怎样的角色。封面自然是美丽的。小燕子扬着双翅,飞进明媚的春天。或者是秋日,金黄的季节,成熟而饱满,是母亲的气息。我一遍一遍读着我的语文课本,从第一页到最后一页。我几乎都背下来了。更迷人的,是姐姐的花书包。我总是趁姐姐不在的时候,偷偷把她的语文课本翻出来。那时候,姐姐已经上初中了。初中语文课本,对于一个懵懂的孩子,简直是一个陌生而缤纷的梦境。我小心翼翼地碰触,生怕把自己惊醒。我的心怦怦跳着,被书中的世界深深吸引。夕阳慢慢从树巅掉下去了。庄稼的汁水夹杂着泥土的气息,有一种湿润的微凉。暮色中传来姐姐的呼喊,一声近,一声远。我至今都记得那种浑身紧绷的感觉,一个孩子,抱着姐姐的语文课本,在多年前乡村的黄昏中不知所措。

小学时的语文老师,是一位温柔的女性。我的每一篇作文,几乎都被她在课堂上宣读。记得有一篇,大约是描写六一儿童节的,我写道:女孩子们轻启朱唇,慢吐莺声……受到她的极力赞美。现在想来,实在是令人耳热了。然而当时,自然是得意的。受到激励,便越发张狂了。只管把生吞活剥的句子拿过来,塞进我的作文本里。我坐在童年时代的课堂上,脸红心跳,紧张地等待赞美。那时候,我几岁?竟然也懂得虚荣了。

我很记得,有一回,老师破例地念了一位男生的作文。开篇便是:白杨树实在是不平凡的。我要赞美白杨树。这分明是茅盾《白杨礼赞》中的句子!姐姐的课本里有!我静静地听着,手心里湿漉漉的,全是汗。我拼命克制住了站起来揭发的冲动,内心却对那个男生充满了不屑。

多年以后,我回乡探亲,偶然知道了那个男生的境况。当年那个赞美白杨树的男孩子,而今,开了一家药铺,做了乡村医生。我不知道,坐在充满草药气息的屋子里,在他偶尔闲暇的某一个瞬间,是否会想到年少时代的某一篇作文、某一个句子,被一个执拗的小女孩儿耿耿于怀,并且,在多年后的今天,把它从时光的深处重新找回?

十多岁的时候,我离开乡村,到县城读书。你也许无法想象,在一个孩子幼小的眼睛里,中国北方那个偏远闭塞的小城,简直意味着另一个世界。课本之外,我有了课外读物。我仿佛一只初入山林的小兽,经历了尘间最初的风霜,初谙世事。其间,语文老师换了几任,却都对我的作文青眼有加。我的文章被堂而皇之地抄在黑板报上,内容都已经忘却了,只有题目还依稀记得,叫作《漫谈学语文》。很广阔的论题,有些吓人。十多岁的黄毛丫头,实在是无知者无畏了。多年以后,在京的几个同学聚会,照例说起当年的旧事。我只有自嘲。年少痴狂,不堪回首了。

　　一直偏科得厉害。高中时,悬殊更甚。那时候,我已经开始在当地的报刊上发表作品了——如果还称得上的话。常常收到读者来信。我伏在多年前中学时代的课桌上,认真地阅读。旁边,是高耸的各科复习书、模拟试卷,它们堆在我的周围,摇摇欲坠。生平第一次,我懂得了文字的力量,可以穿越时空,激起人内心深处隐秘的风暴。这是真的。此前,我从来不曾明了,那些随意的涂抹,竟是从心灵中延伸而出的无数小路。其中任何一条,都有可能把人带往未知的远方。

　　那时候,我的语文老师是一位年轻的男性,有才华,也有风度。我曾经在一篇文章中描述过他。在考入那所省重点中学后的第一堂作文课上,他便经由我的文字找到我。我们在文字里相遇,一见如故。高二文理分科,我自然到了文科班。我却依然把我的习作,给我的语文老师看。多年以后,我依然记得,一个扎着马尾辫的女孩儿,粉色的裙子,安静,羞怯,却内心狂野。在青涩的豆蔻枝头,做着文学的白日梦。

后来,我上大学,阴错阳差读了英文系。偶然得知,我的语文老师,竟然保存了我当年全部的手稿。往事如潮水,汹涌而来。我的泪终于流下来了。

多年以后,当我负笈北上,又一次与文学重逢的时候,北京的秋天宁静而绚烂。银杏叶子落下来,发出可爱的脆响。天阔云闲,乱红飞戏。我知道,这是旧梦萌发的地方,我的再生之地。

而今,写作已然成为我熟悉并热爱的生活方式。我一直没有同我的语文老师们联系过。不是不愿,是不敢。总觉得,这些浅薄的文字,竟把当年那份天真的痴狂辜负了。倒是有旧日的同窗,看到我的小说,辗转找到我,在电话的两端,隔着重重山水,岁月苍茫,呼啸而过。而我,唯有在文字中,试图逆着时光而上,一遍又一遍,与过往的纯真年代相遇。在某一个瞬间,我分明看见,一个手足无措的小女孩儿,站在多年前那个乡村的黄昏,惊讶地凝视着我。她手里抱着姐姐的语文课本,向我飞奔而来。

我想遵从自己的内心法则

忽然间，人生就已经走到了中途。

此刻，我坐在书房里，窗外春风浩大，而阳光明亮耀眼。是从什么时候开始，我越来越喜欢上了回忆，回忆那些走过的路、遇到的人、遭逢的事，或者喜悦或者悲伤，偶然抑或是必然，那些生活中蕴藏的平常心与戏剧性，以及彼时彼地的取舍与得失。或许，这便是中年心境吧。

我出身乡下。对于乡村，我始终怀抱着天然的亲切和朴素的情感。如果用一种色调来描述，我的童年时代是明亮的，淡淡的金色，温暖而迷人。父母在堂，姊妹亲厚，风吹过田野，吹过村庄，院子里树影摇曳。多年以后，我依然会梦见那个院子，梦见一家人团团围坐，笑语喧哗，梦中的双亲依然是当年模样。醒来怅然许久。想来，是父母极力张开羽翼，为我们遮蔽着生活的风雨。作为家里最小的孩子，我感受到的尽是爱和温暖。我被这爱和温暖滋养着,也懂得去爱他人、爱生活、爱这个世界。我想,如果说我的童年经验给予了我明亮温暖的精神底色,那么乡村经验的磨砺、乡村生活的哺育,则教我学会了宽阔、豁达与仁厚。也许你也到过乡下吧。也许你也见识过乡村大地上的事物。庄稼地浩浩荡荡。草木恣意生长。阳光热烈。风声呼啸而过。大平原上坦荡荡无边无际。人们在大地上劳作,生生死死。在乡村,万物有灵。乡村大地的一切教化着人们,教化着我——我这个故乡的游子,也是故乡的逆子。我口口声声爱着我的村庄,却无时无刻不梦想着离她而去,远走他乡。当然,这是多年以后的事情了。

那个年代,物质生活是匮乏的。精神生活自然更是。很小的时候,我似乎就对文字有一种格外的敏感。知道敬惜字纸,喜欢磕磕巴巴读人家门上贴的对联,看见地下有写字的纸片,一定要捡起来看。小时候家里贴年画,踮着脚,仰脸看那寥寥几行有限的文字,一遍又一遍,兴味十足。我想这大约是我最早的文学启蒙。后来有同学家里订了《少年文艺》《儿童文学》,常到人家去看。夜幕降临了,人家一家在院子里吃饭,我坐在一旁,捧着书看。暮色中字迹渐渐模糊,依然不舍得回家。有一回跟母亲到别人家串门,见窗台上有一本杂志,好像是微型小说之类,记不清了。书页残破,上面有斑驳的酱油痕迹。我囫囵吞枣,看得津津有味。母亲她们的说话声、笑声隐隐传来,仿佛来自另外一个世界。

从小学到中学,偏科厉害。语文成绩自然是最好,理科一塌糊涂。我的作文,总是被语文老师当作范文,当堂诵读。也是奇怪,在语文上我几乎不费任何工夫就能轻易取得好成绩。而在理科方面,尤其是数学,我简直是用尽了力气,却始终学不明白。高中时,语文老师推荐我的文章在报纸发表,记得是省里的《语文周报》,我们班级都订阅,有一个栏目好像叫作《文苑撷英》,刊登了我的一篇文章,题目是《人生学步笑蹒跚》,还配发了照片。一时间我成了那所重点中学的风云人物,走在校园里,常被人认出来。陆续发表了一些诗歌、散文。收到大量读者来信,几乎都是同龄人。炙热的青春,梦幻和狂想,痛楚和迷惘,理想和远方。那时候,第一次,我品尝到了梦想的滋味,领略了文学的力量。那时候,我是多么自负呀,自负而狂妄,不知天高地厚。有一回晚自习,忽然停电了。我们点起蜡烛。我当时的班主任,教我们历史,拿出校刊,当堂读我的一首诗。教室里烛光摇曳。我坐在那里,一颗心几乎要跳出胸膛。多年以后,我写了一篇文章,叫作《多年前的烛光闪烁》,发表在《文艺报》上。

正像一出戏剧,高潮之后必有低潮。可惜那时究竟年少,无知无畏。只顾醺醺然享受着一个青春少女的虚荣心满足,享受着文学荣光对一个乡村孩子的短暂照拂。对即将到来的命运浑然不觉。高考失利。多年来好学生好孩子的人设轰然倒塌,无颜见江东父老。这是我人生的第一次打击。从那时我深刻领教了命运的厉害。知道了人生无常,荣辱有时,沉浮有时。懂得了人生不可太得意。鲜花着锦、烈火烹油之时有,破帽遮颜、秋风萧瑟之时亦有。我上了一所大专,自费。关于这一段经历,我的长篇小说《他乡》中有隐约的影子。虽然我在《他乡》出版后到处辩解我不是翟小梨,然而,我又在接受媒体采访时大谈:小说家笔下的人物就是他自己。当然,这无疑是自相矛盾。这种自相矛盾不过是小说家的一种修辞,是叙事策略之一种。我必须承认,我把自身生命经验投射到翟小梨身上。我的大学生活乏善可陈。自那时开始,我与文学挥泪告别。并不是如鲁迅先生所教导的,人必得活着,才如何如何。其实是,我是不想再碰写作这件事。那往日的荣耀,而今是青春的伤疤,一触即痛。有高中老师来信,是理科班老师,教物理。他在信中谈到,我的语文老师,保存了我当年几乎所有的手稿。我读着那封信,久久沉默。往事呼啸而来。我紧闭双眼,不敢迎面相认。

我不知道,高考失败这件事,对我的父亲打击有多深重。以至于多年之后,我到了北京,成了作家,有乡人跟他提起我,他还是半信半疑:她呀,从小就说功课好功课好——欲言又止,语气模糊。我猜想,父亲肯定觉得,他辛苦供读的女儿把他狠狠闪了一下。期待中通畅的人生道路,竟如此曲折,如此坎坷。而作家这个称呼,听起来也没有那么响亮有力。老实说,我对父亲是暗中抱着一种负疚之心的。我总是想起,当年,他骑车送我去县城参加作文竞赛的情景。寒冬，大风，我坐在他自行车后座上，看着他穿棉袄的后背热汗蒸腾。后来，我几乎从来没有跟他提起过我写作的事。他也只字不问。

多年后在电视台录制一个助力高考的节目，叫作《言出必行，金榜题名》。当时正逢高考日，作为嘉宾，我应该跟学子们谈谈当年经历的高考往事。我忽然发现，这么多年过去了，我依然对那次失败耿耿于怀。所谓的创伤记忆，便是如此吧。我也不止一次设想，假如当年我如愿以偿，读了名校，我的人生道路会是如何。然而生活没有假如。有的只是千差万错、不及修改的命运。

后来我还是在工作之余，参加自学考试，获得了本科文凭。不为别的，好像是为了证明。证明什么呢，也说不出。那时候，中学老师倒是也不必一定要本科学历。更何况，我教书成绩不错，也得到了一些青年教师应该得到的荣誉。生活稳定，工作顺遂。一个平民子弟，我似乎获得了一个平民子弟所能够在省城里获得的一切。然而，只有我知道，我的内心深处蠢蠢欲动。眼前的生活太庸常了，几乎没有任何悬念。我不肯承认，我其实是一个热爱悬念的人，喜欢挑战，喜欢未知，以及未知中蕴藏的所有不确定性。多么危险呀。然而又是多么迷人。我不知道，是不是内心深处那粒种子，多年前埋藏下的那粒种子，你叫作梦想也好，叫作野心也好，在暗中萌动。

考研。辞职。北上。我离开多年来确定的生活，一头扑向充满巨大变数和复杂未知的未来。其时，我已经年近而立了。所有人都说我疯了。以这样的年纪，抛下一切，单枪匹马，到北京去独自闯荡。居京城，大不易啊。父亲亦忧心忡忡。一定要这样吗？他问。我说是。父亲便沉默了。长久的沉默。我知道这沉默的重量。

读研期间，我也尝试写过一些小说。但我的志向不在创作，我想做学问。我是一心要读博的。是否源于当初那个高考失败的执念呢，非如此不能抚平早年的青春伤痛？我不知道。后来，当然是知难而退了。以我非科班出身的教育背景，跨专业考研成功已经算是侥幸。即便如此，读研期间，我几乎是在图书馆度过的。恶补，狼吞虎咽，真正像饥饿的人扑在面包上一样。饶是如此，在同学面前还是自卑，不大敢发言。研二时候写过一部长篇，几乎丢了半条性命。是手写。厚厚一摞手稿，我曾经保留了很久。后来搬家狠心焚掉了事。

也是研二的时候，我到一家报社实习。那年正逢"作代会"召开，我奉命去采访。会上，见到了很多作家。到处是光彩熠熠的名字，到处是意气风发的笑容。我站在大堂里，看着他们走来走去，相互问候、交谈、笑。金碧辉煌的大堂，灯光明亮，巨大光影映照之下，人人都流光溢彩，人人都魅力无限。我在角落里，热切地打量着这一切。啊！多么好。这就是我们的文学，这就是我们的文学生活。缤纷多彩，浪漫迷人。找的心热烈跳动着。我的眼睛紧紧追随着他们的身影。我要记下这些名字、每一句话、每一个细节,回去跟我的同学和同事们形容和描述。那一次,我写了好几篇大稿,简直出乎意料的漂亮。我得承认,那一次,或许是一个机缘,我受到了激发,强烈的激发。那次采访,激发了我的灵感,也激发了早年的梦想。

我开始偷偷写小说了。单位有一个图书室,不大,除报纸之外,还有很多文学期刊。我把写好的稿子装进信封,按照刊物上的地址寄出去。那时候,报社经常寄出样报,邮件只需交给办公室,盖上邮资已付的印章,就完事大吉。然而,我投稿从来不用这个。出于虔诚,也是出于谨慎——我怕人家说我不务正业。我总是在中午休息的时候,到邮局去寄。

那条胡同叫作羊肉胡同。胡同口,马路对面,有一家小邮局。寄件处是一个男孩子,穿制服,很羞涩的样子。有一次,我好像是忘记带钱了。那时候可没有手机支付。正窘迫间,那男孩子说,你先寄走,下班再过来给我。从邮局出来,街上人来人往,午后的阳光温煦宜人。这人与人之间的信任和暖意啊,我愿意长久珍藏。有时候,路过邮局,我会不自禁向着里面张望。不知道当年那个善良的男孩子,而今在哪里。

说起投稿,我还算是幸运的。并没有经历过废稿三千的磨难和挫折,就顺利发表了。这期间有很多人和事,值得铭记。在这里,我很想谈一谈我那篇《爱情到处流传》,谈谈这篇小说背后的故事。那时候,是2008年,还是2009年,我认识了黄土路。怎么认识的,也全忘记了。好像是在一个饭局上。你知道,那时候总有很多饭局。朋友,朋友的朋友,朋友的朋友的朋友。黄土路是一个优秀的诗人。他的诗很好,我所在的报纸曾经发过评论。黄土路还是一家文学刊物的编辑,他所供职的刊物叫作《红豆》,在广西。有一天,黄土路很认真地跟我约稿。我吃了一惊,是又惊又喜。作为一个文学新人,崭新崭新,算是小白,几乎还没有发表过作品,一个刊物编辑郑重向你约稿,你无法想象,这是多大的事件。我果然就写了一篇。好像是个周末。那时候坐班,只有周末才有时间写作。我在很多场合回忆过这次写作。有时候是在夏天,我租住的房子窗外,蝉鸣如雨。有时候是在秋天,秋风萧萧,把庞大的城市吹彻。我承认,是记忆和想象发生了交错。我在无数次的回忆中,混淆了现实和虚构的边界。总之是,在那个周末,我完成了这篇后来被称作我的成名作的小说。只是,还没有名字。就像一个婴儿,诞生了,在等待命名。

接下来这个场景,我也在访谈或者文章中多次提起。

一天早晨——应该是夏天或秋天的早晨,要么就是夏末秋初,因为这篇小说是2009年11期发表的——我走在上班的路上,电话响了。是黄土路。他说,小说这期用,刊物要下厂了,让我起个名字。我举着手机,站在大街上跟他说话。早晨的阳光明媚,照耀着繁忙的城市。正是早高峰,人声鼎沸,车水马龙。路边的早点铺子散发出诱人的香味。这可亲可爱的烟火人生呀。爱情到处流传。我几乎是不假思索，脱口而出。忘记黄土路说什么了。电话那边，他好像是说好，很好，也好像是什么都没说。他急着要一个名字，小说就名正言顺，可以付印了。后来，很多朋友都赞美说，这个名字好。仿佛一个魔咒，这篇叫作《爱情到处流传》的小说，真的到处流传了。的确，《爱情到处流传》给我带来了好运。当然，这离不开另一家刊物，还有另一个贵人。

有一天——不是吗？天下的故事总是这样发生——我接到一个电话，说是《小说选刊》的编辑，他们要选载《爱情到处流传》，并且是，头题。我握着手机，一时说不出话来。窗外是深秋的天空，明净悠远。《小说选刊》我是听说过的。可是，一个新人，初学者，竟然能够获得如此肯定，真叫人不敢相信。若不是编辑郭蓓老师慧眼，若不是时任主编杜卫东老师力排众议，以头条位置隆重推出，《爱情到处流传》的命运，大约未必如此。机缘巧合，不可端倪。那一年，这篇小说陆续被多家选刊选本选载，跻身各种文学奖项和排行榜，一时之间，评论界惊呼这匹黑马何许人也。应该是从那时候，我算是真正踏上了我的文学之路，开始了漫长而艰辛的跋涉。

关于转载，还有一个小插曲。《红豆》发表的时候，漏掉了一页文字。《小说选刊》转载时，也漏掉了一页。连过几关，竟然无一人发现。这也是奇事一桩。更奇的是，这个残缺版本被各种转载,各种参评,直到收入一个年度选本的时候,我才跟编辑联系,恢复了原貌。责编老师安慰我,是小说的气息迷惑了读者,无暇顾及情节了。我半信半疑。

都说每篇作品都有自己的命运。我愿意相信这句话。比如《爱情到处流传》,一篇不足万字的小说,残缺的完整,完整的残缺,那么多的偶然和必然。

都说每个人也都要领受属于自己的命运。我总不愿轻易相信这句话。比如我自己,从乡村到城市,从陌上到他乡,我一步步走来,一笔一画写下。

我不想被生活定义。我想遵从自己的内心法则。

春满河山

在中国,春节大约是最隆重盛大的传统节日了吧。农历新年,一年之岁首,民间又有新岁、岁旦、新禧、大年之称。清人《帝京岁时纪胜》记载:"腊月,诸物价昂,盖年景丰裕,人工忙促,故有腊月水土贵三分之谚。"《红楼梦》写节庆的笔墨不少,而着力写年事却只有一回,第五十三回"宁国府除夕祭宗祠,荣国府元宵开夜宴"里写道,"当下已是腊月,离年日近,王夫人和凤姐儿治办年事""且说贾珍那边开了宗祠,着人打扫,收拾供器请神主;又打扫上屋,以备悬供遗真影像。此时荣宁二府内外上下,皆是忙忙碌碌""到了腊月二十九日了,各色齐备,两府中都换了门神、联对、挂牌,新油了桃符,焕然一新"。把一个诗礼簪缨之族、钟鸣鼎食之家的繁华气派写得活色生香。而《儒林外史》第二十一回,写卜老爹一家过年祭祖的情形,则简单多了,"不觉已是除夕,卜老一家过年。儿子媳妇房中,都有酒席、炭火。卜老先送了几斤炭,叫牛浦在房里生起火来;又送了一桌酒菜,叫他除夕在房里立起牌位来祭奠老爹。新年初一日,叫他到坟上烧纸钱去"。可见平民百姓过年的朴素家常了。

在我的家乡河北乡下,过年则是另一番热闹。一进腊月,年味儿就一天浓似一天了。大人们忙年,小孩子们盼年。心心念念,都是跟年有关的。腊月里,数九寒天,正是一年最冷的时节。人们却不怕,忙得热气腾腾,越冷越精神似的。腊八粥是要吃的。红枣、花生、莲子、栗子,加上各色米豆杂粮,香香浓浓煮上一锅。吃不了还要泼在自家门前。过了腊月二十,就更忙了。民间有俗语念道:"二十三,糖瓜粘。二十四,扫房子。二十五,磨豆腐。二十六,去割肉。二十七,宰公鸡。二十八,把面发。二十九,蒸馒头。三十晚上熬一宿。大年初一扭一扭。"朗朗上口,是繁忙欢快的喜庆气息。腊月二十三,又叫作小年。我们这地方,小年跟大年好有一比。这一天,是灶王爷上天的日子。吃糖瓜的意思,是要粘住他的嘴巴,以便上天言好事,不搬弄人间是非。扫房子、磨豆腐、割肉、宰鸡,大都是父亲的事情。我很记得,早晨醒来,满屋子新鲜豆腐的清香,却不知父亲又是一夜未曾合眼。红冠子大公鸡是要过年上供的。煮肉、灌香肠、煎豆腐、炸丸子、蒸年糕、蒸馒头,则是母亲最拿手的了。年糕暗示着年年高升,讨个口彩。必得是自家种的黄米,黏糯香软,非江米可比。一锅一锅当年新麦蒸出的大馒头,白白胖胖,统统点上大红的胭脂,又喜庆,又好看,是富足太平的意思。

大年三十这一天，家家户户都包饺子。在河北乡下，饺子是最隆重的待客礼遇了。大年三十吃饺子，大年初一吃饺子，横着饺子竖着饺子，饺子是过年的主角。没有这主角，大戏就开不了场。正宗的饺子是猪肉白菜馅儿。大约是因为，白菜是北方的看家菜，以其便宜、易得，为小民百姓喜爱。除夕夜，小孩子守岁。看春晚，放鞭炮，洗头净脸，新衣新帽就在枕边放着。说话也要格外当心，不说"完了""少了"，要说"好了""多了"。假若不小心打碎了盘盏，大人们赶紧过来，念一句碎碎（岁岁）平安。屋里屋外都亮着灯火，照着火红的春联，冷风中簌簌颤动的彩。门神早贴好了——钟馗捉鬼——是看家护院的意思。香炉里点着香烛，母亲不时去照看，嘴里念念有词，祈祷着家人四时平安，新年吉顺。院子早扫净了，清水泼街，被冻上薄薄的一层冰，走上去须小心翼翼。倘若是下了大雪，就更好了。大雪纷飞，给乡村的冬夜平添了别样的气息，湿润的、喜悦的、祥瑞的——在乡下，谁不知道瑞雪兆丰年的意思呢。大雪令乡下的春节更像春节了。纷纷扬扬的大雪，是新春的捷报吧，是大地的情书吧，抑或是冬天的一种魔术，换得腊尽春回，万物花开。陆游在《除夜雪》里写道："北风吹雪四更初，嘉瑞天教及岁除。半盏屠苏犹未举，灯前小草写桃符。"何等优游岁月闲雅光景。

大年初一一早起来，男人们要去新节。家族中成家立业的男丁,去给族里老人磕头。往往是,院子里一声喊,大爷二爷叔叔伯伯,齐刷刷就跪下去,黑压压一片,甚是庄严壮观。新节回来,饺子已经煮好了。一家人团团围坐,吃饺子。有人哎呀一声,把咬到嘴里的一枚钱币扔到桌上,当啷一响,众人就都笑了,连连说,好福气好福气。吃罢饺子,要去故人坟上烧纸。族里的弟兄子侄们一起,带着鞭炮香烛、果木鲜物,扛着洒扫工具,给故去的亲人添土添岁。冬日的田野苍茫寥廓,长风浩荡吹过,鞭炮的硫磺混合着寒霜打湿的泥土味道,悲凉里竟有隐隐的欢欣,是悲欣交集的意思。乡里风俗,女子是不得上坟的。此时,她们梳妆打扮,粉白脂红,相约着去看人家的新媳妇。院子里是厚厚一层鞭炮碎屑,梅花点点,煞是好看。屋子里呢,也是满地瓜子皮花生壳——当天不许清扫,怕把福气扫走了。小孩子们最是开心,兜里是压岁钱、瓜子糖果,满满当当。他们尖声呼啸着,在大街上跑来跑去,嘴里哈着白气,脸蛋冻得鲜红,也不怕冷。

正月初二,是出阁的女儿回门的日子,须大摆筵席,丈人门上,女婿是娇客,怠慢不得。初三呢,当地风俗,生米不下锅。初四不碰针黹。初五又叫作五穷日。一大早,人们便开始放鞭炮,说是崩穷。鞭炮越早越响,越是吉祥,把穷都给崩跑了,余下一年的富贵闲适。正月里,是走亲戚待客的时节。正如《红楼梦》里所写,"王夫人和凤姐天天忙着请人吃年酒,那边厅上和院内皆是戏酒,亲友络绎不绝"。正月初十,民间传说是老鼠嫁女的日子。据说,这天更深人静,耳朵贴着石磨的孔眼,能听见老鼠嫁女的锣鼓笙箫。我们年年趴着石磨听,可惜一回也没听到。正月十五,就是元宵节了。元宵节又叫作上元节、元夕或者灯节,是正月里最后一个重要节日。辛弃疾的《青玉案·元夕》:"东风夜放花千树。更吹落、星如雨。宝马雕车香满路。凤箫声动,玉壶光转,一夜鱼龙舞。"写尽了元宵夜的花团锦簇。我们这地方,县城里扎彩灯,村镇上唱大戏。七大姑八大姨,阖家老小团聚。这一天,人们尽情欢娱游乐,至晚方歇。他们知道,过了元宵节,年就算过完了。

春打六九头。这个时节,早已打过春了。地气开始蒸腾,陌上杨柳枝条也渐渐柔软了。风依然冷冽,却隐约含了春的消息。

这么多年了,从故乡到京城,从陌上到他乡,一条路越走越远。每到年关,我却总是念起故乡,念起故乡的春节,故乡春节的种种。岁月流徙,而时光如新。想起宋人的诗句:天地风霜尽,乾坤气象和。历添新岁月,春满旧山河。

人生看得几清明

在二十四节气里,清明大约是有种独特的气质:传统的、民间的。虽说是节日,却不大热烈,带着淡淡的哀伤和愁思。

清明在仲春和暮春之间,这个时节,草木都勃发起来,花儿们该开的也都开了,桃粉梨白,绚烂倒是绚烂的,却偏偏觉得不对。必得是杏花也白了头,在微雨里纷纷落落,才是真正的清明的意思。自然了,雨也要那种细雨,缠缠绕绕纠结不清。照理说春雨喜人,但在清明,却是春雨使人愁了。这愁其实是闲愁。酒入愁肠,化作相思泪。酒的妙处也正在这里。

清明节又叫作踏青节。民间有很多传统活动,踏青、赏花、簪柳,更有蹴鞠、荡秋千各种。有句民谚,清明不戴柳,红颜成皓首。似乎是有点夸张了。年轻女子簪花戴柳,在春风里衣袂翩翩,想来就令人神往,也算是别一种春光吧。关于荡秋千,《金瓶梅》第二十五回,开头便写吴月娘、孟玉楼、潘金莲、李瓶儿在花园里荡秋千那场小戏,还引用了据说是出自唐伯虎的《秋千诗》,极为香艳靡丽。更有李清照的《点绛唇》:"蹴罢秋千,起来慵整纤纤手。露浓花瘦,薄汗轻衣透。见客入来,袜划金钗溜。和羞走。倚门回首,却把青梅嗅。"荡秋千往往跟美好的女子、晴好的天气勾连在一起,倒是不辜负这清明时节的好日月。

在我们老家,我小说里写的芳村这地方,清明却没有这么多的欢娱。在芳村,提起清明,人们更多的是想到上坟。村子里有句俗话:早清明,晚十一。意思是,人们上坟,往往不是在清明这一天,而是早上几天。"十一"指的是农历十月初一,天气凉了,记得给亲人送寒衣。清明前几日,村前庄后的田间小路上,来来往往,提着香烛纸马、果木鲜物,都是上坟的人们。大多是女人,有三两结伴的,也有独自一人的,跪在坟前,一样一样,把该烧的都烧了,把酒水洒到泥土里。絮絮叨叨地,跟亲人诉说一些心事。说得出口的,说不出口的,都借着这清风白日,四下无人,一一说出来了。日子浅的,少不得要在坟前恸哭一场。有路过的忍不住,欲上前劝说,想了想,到底还是罢了。人世艰难,抒发一下也好。也有年深日久的,在坟前跪着,想哭,却是哭不出来。心头分明酸酸硬硬一块,却是如鲠在喉,也只好叹一声,叮嘱亲人一切安好,放心便是。

今年过年回乡,众人在家里欢宴,我悄悄央父亲带我去母亲坟地看看。父亲说,大冷天,有什么好看的。还是带我去了。我在《陌上》里说过,芳村的田野里种满了坟。母亲辞世十九个年头了。麦田是那种冷凝的深绿,平静寥廓,什么都看不出来,连一个微微的弧度都没有。父亲默默往麦田深处走去。一、二、三……总共是十六步半,父亲停下来,说,就是这里。

我和父亲站在那里,谁都不说话。寒风吹过来,也不觉得冷。风把我的红围巾吹起来。原本是要换一条素的,父亲说不用,红的好看。

这么多年了,清明时候倒不大敢回乡。也不只是情怯,总觉得,清明是不适于欢聚的。太浓烈的色调,反把清明弄坏了。独自一个人,在春风里走一走,看一看,想往事,怀远人,倏然间心神就远了。抑或窗前廊下,清茶淡酒,慢慢地喝一杯,再喝一杯。乱花飞絮,细雨如烟。忽然想起苏轼的句子:"惆怅东栏一株雪,人生看得几清明。"

辑二 野望

秋天去看孙犁先生

早想去孙犁故里看看的。

大约，不单是因为孙犁先生的文采、人品和声名，也不单是为着，我也是河北人，燕赵大地的慷慨悲歌，滹沱河水的日夜流淌，都在我的魂里梦里了。然而，这心愿却是早就种下了的，埋藏了多年。丁酉年秋初，终于去了孙遥城村。

一路上，过藁城，经深泽，往安平。只觉得故乡辽阔，山河浩荡。想起少年时代的很多往事，如在昨日。而今，竟忽然走到了人生的中途。那些曾共一段岁月的人，不知都去了哪里。

盛夏已逝，秋天降临了。天空高远、苍茫。天底下，是大片的田野，色彩浓郁，质感粗粝，宛如颜料任性泼在画布上。田野里的庄稼成熟了，等待着收割。空气里流荡着秋的气息，饱满、丰盛、甘美，仿佛是一个孕妇，安静而满足，带着沉甸甸的欢喜，还有微微的幸福的倦息。有几块闲云，悠悠地飞过来，飞过去。这是北国的秋光呀。

　　村子不大,有一种日常的悠长的散淡和静谧。三五村人在自家门口坐着,说闲话。见一干人来,竟然态度自如。人家院墙上写着几个大字:孙犁故里。不知道谁家的花生已经收获了,在街边晾晒着,湿漉漉的,沾着新鲜的泥巴。我们顺手抓一把,剥开壳子就吃,也没有人管。新花生的滋味,仿佛这新秋,丰美、芬芳、饱含着汁液,不是多么热烈,有一种羞涩的柔情在里面。走着走着,迎面便是一座青砖院落,看上去,是1930年代北方民居的风味,黑的大门,门楣上书几个大字——"孙犁故居",是莫言的手迹。进得门来,迎面是一个影壁,影壁前面种着一丛荷花。这个时节,荷花已经谢了,那荷叶倒是高高下下,青翠宜人,亭亭的,在风中微微摇曳着。叫人不由得想起那荷花淀上的盛景来,还有孙犁先生的名篇《荷花淀》里那些纯朴勇毅的乡村女子,有侠骨亦有柔肠,到底是燕赵大地哺育的女儿。

　　房子的格局是外院套着内院。外院有牲口房、磨坊、门房、大车棚,还有孙犁先生的著作碑林。进了二门,便是内院了。内院有正房三间两跨,东西厢房,是极具中国风味的庭院。院子里种着两棵树,一棵石榴树,一棵枣树。屋门旁立着一只大瓮,是北方乡村常见的那种,黑色,有点笨拙,多用来盛水,也有人家用来盛粮食。这样的院落,这样的树,这样的青砖瓦房,秋风吹过,一院子树影光影摇曳,恍惚间好像是回到了我的芳村。中国北方的乡村里,有多少这样的院落呢? 那么亲切,那么熟悉,一股温情的潮水袭来,又甜蜜,又酸楚。我不知道,这亲爱的乡村院落,是不是会感受到,一个乡村游子内心剧烈地摇晃。

北屋正房,迎门的条案上摆着孙犁先生的半身铜像。墙上是一幅花鸟中堂,一只五彩斑斓的雄鸡,单足着地,抖着火红的鸡冠子,回首凝视。两旁贴着对联:荆树有花兄弟乐,砚田无税子孙耕。

卧室在里屋。炕是那种北方乡村特有的土炕,铺着家织的粗布炕单,蓝白相间的格子,朴素而明快。炕上摆着一张小炕桌,上炕的人须得盘腿而坐。炕柜上放着几床被子,叠得整齐清爽。也是蓝白格子粗布被面,白被头。也不知道,这被子是不是主人当年的旧物。这种家织的粗布,我是熟悉的。那时候,乡下的女子,谁不会纺棉花织布呢,我很记得,母亲就有一双织布的巧手。那种古老的织布机上,牛角梭哗哗哗哗飞来飞去,是那种民间劳作的欢腾和热闹。布匹下了机子,还要染色。这种蓝白格子,是最经典的图案。几年前,我从老家带来一块,一直放在北京家中的衣橱里。那是母亲在世时亲手织的,带着她的手泽,还有流年的消息。我常常拿出来,看一番,念一番。北方的乡村女性,虽说是荆钗布裙,却细腻幽微。一颗蕙心一腔柔肠,怕是都在这飞针走线的经纬之间了。难怪孙犁先生笔下有那么多好女子,叫人心心念念难忘。炕旁边的桌子上,是一面老式镜子,底座上雕着花纹,同我家当年的一样。窗子是那种老式的格子窗,糊着粉连纸。阳光透过窗子照进来,落在炕上,落在对面墙上的镜框里。镜框里是一些老照片。孙犁先生不同年代跟家人的合影。那些好时光,都被定格在滔滔岁月里的某一瞬,没有色彩,没有声响,只留下黑与白的刹那,刹那便成了永恒。照片下面的柜子里,是孙犁先生的一些旧物:穿过的棉袄,戴过的帽子,那副著名的套袖,蓝色的旧套袖,铁凝曾在一篇文章里写到过。而今,它们安静地在这老屋里守候着,仿佛是在等待着有一天,旧主人风尘仆仆归来。

窗前的花池里种着一大丛花,灼灼的,开得正盛,却叫不上名字。石榴树上结满了果子。累累垂下来,把那枝条都坠弯了,只好用几根竹竿支撑着。枣树上也结了很多枣,繁星一般,在枝叶里闪闪发亮。河北乡下有句话,七月十五红半圈儿,八月十五枣落竿儿。那枣们虽刚红了半圈儿,却又甜又脆,十分馋人。微风吹过,有熟透的枣落下来"噗"的一声。

树犹在,而人已远行。满树的繁华,一院子的秋色,叫人莫名惆怅,莫名伤怀。

秋风浩荡,吹过村庄,吹过田野,吹过这简朴的农家小院。中国有多少这样的村庄呀。多少小民百姓在村庄里,世代更替。永世的悲欢、隐秘的心事,都终被秋风吹散。散了,再也寻不到了。而文学,是抒发,是想象,是铭记,是我们曾来过这人世一遭、不容篡改的凭据。这普通的北方乡村的院落,简朴、恬淡、沉默,然而,它注定是要留在中国文学史的书页间了。想起来书房里,孙犁先生手书的那块匾额:大道低回。

"芳村"的现实与虚构

　　曾经被很多朋友问起,"芳村"是不是真有其地。甚至,有人怂恿着,要去我的"旧院"看一看。自然是玩笑的口吻,然而听得多了,不免听出了其中的几分认真。惶恐之余,有一些惴惴——是怕朋友们失望;也有一些安慰——大约是虚荣心在作怪;更多的,却是一种写作者的好奇心——在旁观者的眼睛里,现实与虚构之间,究竟有多远?

　　我的故乡在华北平原的一个小村庄,叫作南汪村。关于这村名的来历,我从来没有考证过。从小到大,大大小小的考试,各种各样的表格,在籍贯一栏,我不假思索地写下这个名字,几乎成为某种下意识动作,一种——怎么说——本能。我不知道,这个偏远的小村庄之于我,究竟意味着什么。我在这个村庄出生,长大,经历了童年时代最初的混沌世事。家门口的老柳树,村东的一带矮墙,邻家的丝瓜架,村路旁边田埂上,盛开着泼辣的无名野花。

我再想不到，我年少懵懂的光阴里，这些熟视无睹的乡村事物，多年以后，会一一在我的笔下复活，焕发出时间洗濯之后特有的光彩；而童年时代的乡村记忆，又是如何深刻地影响了我日后的写作，在某种意义上，甚至成为我生命中最可珍视的部分。

并不是说，在我这里，城市和乡村有着审美上的优劣高下。不是的。认真算来，从出生至今，我在城市中度过的岁月已经远比乡村生活更长。通俗意义上，我拥有城市生活所应该拥有的重要元素，在旁人眼中，我大约早已经洗去乡村的泥尘，成为一个地道的城市人了。然而，莫名其妙地，当我在万丈红尘中俯仰不定的时候，总觉得，有更值得一过的生活在我的身后，在多年以前，那个偏远的小村庄。

关山阻隔，路途迢迢，我该如何回到过去呢？这个时候，写作，恐怕是最好的方式了吧。

我的一些乡村小说，其中的人和事，都与一个叫作"芳村"的地方有关。"芳村"是虚拟的村庄，然而，它又同现实中的村庄血肉相连。它们彼此映照，心意相通。每一次回到家乡，走在街上，总会邂逅小说中的某个人物，你惊讶地看着他迎面走来，恍若梦中。那一种难言的心绪，实在是珍贵而独特的体验，让人欢喜，又让人惘然。仿佛是，欢宴过后，夜阑人散，忽然看见一个独自凭栏的背影，带着微醺的醉意，还有深深的惆怅。《锦绣年代》中的玉嫂，已经成为一个鬓发初雪的妇人。而《小米开花》中的小米、

《九菊》中的九菊，也早已远嫁他乡。《六月半》中的俊省，怀抱着孙子，仿佛怀抱着多年前顽劣的童年儿子。而我的那些亲人，在2013年的春节，大年初二的午后，竟然又重聚"旧院"。仿佛小说中写到的，聊着各自的生活，琐碎的烦恼，微茫的喜悦，他们的神态、语气，甚至说话的姿势，都是那么的似曾相识。所不同的是，时间在他们身上终是留下了深深的刻痕。然而，在时间面前，谁又能够幸免呢？姥姥已经九十高龄了，她茫然地看着她的满堂儿孙，那些新娶的媳妇，新添的婴儿，在新春的阳光下，闪烁着陌生却又迷人的光芒。她真的不懂他们。他们也未必懂她。然而，又如何呢。他们是她的亲人。血脉这东西，就是这样不讲道理。还是那个院子，还是那片天空，还是那些人，却令人莫名地生出无限的今昔之感。我在院子里踟蹰，询问那一棵枣树的下落。众人都十分诧异：怎么，你还记得？我不敢回答。是或者不是，忽然都变得毫无把握。那一树枣花，如霞如锦，它们是否真实地存在过？抑或只不过是我这个异乡客的某种文学虚构？都说小说是作家的白日梦，那么，我梦中的那些人和事，那些鲜活的心灵细节，同眼前这个沸腾的生活现场，究竟有着多大的出入？

读了《爱情到处流传》，有人便问候我风流倜傥的父亲；也有心思旖旎的，对风姿楚楚的四婶子，不禁暗暗生出思慕之心。我只有微笑。我不知道该如何解释。或者，我该告诉他们，现实中的父亲，一生淳朴，在伦理秩序中规行矩步；而四婶子，不过是出于我对美好女性的某种想象。作为小说家,我只是写出了生活的某种可能。我试图建构一个乡村世界,在这个世界里,我让我亲爱的人物经历他们可能经历的一切,荣枯、悲喜、穷达、生死、刻骨的痛苦、甜蜜的战栗、忧伤、迷惘、挣扎、撕裂……我甘愿陪着他们,在他们的命运跌宕中重新活过。作家的幸运之处在于,他有可能在无数个人、无数种人生中,活上百遍千遍。写作,确实可以使得直线的、不可逆转的短暂生命,拥有尽可能丰富多维的向度。这也是写作的魅力所在。大约也正因此,作家在世俗生活中所享有的幸福感,相较于不从事写作的人,往往为低。然而,关于幸福感这种事,恐怕还是如鱼饮水,冷暖自知吧。谁能够轻易对旁人的生活妄下断语?

总是计划着回家乡小住一段,俗务纷扰,总不能如愿。懊恼之余,私心里,竟不免有一些侥幸的轻松。是近乡情怯,担心无法顺利地与久违的村庄彼此厮认,抑或是心怀犹豫,与小说中的人物们不期而遇的时候,不知该如何问候? 这是一个写作者天真的纠结吗?

无论如何,"芳村"之于我,恐怕不单是地理意义上的故乡了。她是我的精神根据地。她确实真实地存在,存在于我的血脉和记忆深处。

55

故乡与我灵犀相通

常常有人玩笑:什么时候到你们芳村去看看? 我自然应承着。其实,哪里有什么芳村——人们是把我小说里虚构的那个芳村,信以为真了。

2009 年,在小说《爱情到处流传》开篇,我这样写道:"那时候,我们住在乡下。父亲在离家几十里的镇上教书。母亲带着我们兄妹两个,住在村子的最东头。这个村子,叫作芳村。"这是芳村第一次在我的笔下出现。几乎是信手写下,不假思索。我未曾料到,这个信手写下的村庄名字,将会在未来漫长的十几年里反复出现,不断累积、叠加、变形、重构,成为我文学地理中一个重要符号,甚至伴随我一生的写作。这是传说中的福至心灵吗? 或者是可遇不可求的妙手偶得? 仿佛一粒种子,经了世间的日月风雨,在内心慢慢培养,破土萌芽,开枝散叶。一切都在意料之中,一切又都在意料之外。我常常想,这一切的因缘际会,是不是皆因了故乡的暗中相助？

我的故乡在河北省无极县，县城往南十五里，一个最普通不过的小村庄。我在那里出生、长大，度过我的童年光阴和少年时代。一马平川的大平原，少山重水复，少起伏曲折，藏不住任何心事。人们性格多坦荡爽直，遇事不大会迂回，说话呢，常带口头语，且多是骂腔，外人听来很是不惯，其实是亲厚昵近，熟不拘礼的意思。若是他们客套起来，定然是在陌生人面前。我尤其喜欢听他们说话，那种活泼泼的青枝绿叶一般的语言，滚动着透明的露珠，带着新鲜泥土的气息。《陌上》里素台嫌妹妹翠台说话兜圈子，"绕来绕去，白绕了二里地"，真是生动鲜活。人们性格响亮痛快，可也自有乡村的幽默诙谐。《野望》里翠台根来夫妻拌嘴，根来骑车子就走，翠台追出来问：你这是去哪儿？根来说：还能去哪儿？北京！中央里！这是故乡人民的风趣。有时候在家乡的街上走着，听着这里的鸡鸣狗吠、人声喧闹，常常就恍惚了，觉得，这里才是世界的中心。而城市，变得那么遥远，遥远而偏僻。这些人物的语言，我总是信手拈来，拿来就用。它们是文学的，或者说，它们几乎就是文学本身。我常常惊叹于这种原汁原味的语言，它们强悍的表现力和生命力，漫山遍野生长，越是漫不经心，越叫人觉得贵重难得，令人珍惜。有时候恨不能当场替他们录下音来。真正的语言大师，果然都藏在民间。

在我的家乡，人们惯用农历，初一、十五，二十四节气。婚丧嫁娶,红白喜事,行屋盖房,出门开市,择良辰选吉日,论的都是农历。我始终以为,中国传统文化的底子,大约都在乡土的河床上厚厚积淀着。中国传统农历,简直就是中国乡村的日常,是乡村日常生活的一部分。常有人问,长篇小说《野望》为什么用二十四节气结构全篇。《野望》写新时代的芳村故事,在我,以二十四节气来做整体架构,几乎是一种本能。自幼耳濡目染,我深知二十四节气在乡村的厉害,其实也是传统的厉害,传统对乡村日常生活的统治与浸润——前者是宏观,后者是微观。在《野望》里,每一章以二十四节气命名,共二十四章,完成一年四季的轮回。岁月更迭,时序交替,而时代巨变,万象更新。历史烟云和时代表情,都隐藏在乡村日常生活的褶皱里,显现于二十四节气的变换更替中。在每一章的节气开篇,有古诗词对二十四节气的阐发,而正文则是中国农村风起云涌的当下书写。历史与现实,传统与现代,旧与新,常与变,在这里构成一种颇有意味的映照,是互文,也是对话,作品由此或许有可能获得一种景深,一种明暗交错的审美效果,有悠长的回味,有连绵的回响,有丰富复杂的参差对照。据说家乡人读《野望》丝毫不以为异,只觉得自然,自然而然,熟悉而亲切,大约因为这就是他们的生活。

燕赵大地,自古多慷慨悲歌气概。好侠义,好酒。在我家乡一带,人们都酒量好。大碗喝酒,大块吃肉,颇有古风。酒风也好,不推不让,端起便喝,一饮而尽。人们路上见了,有空喝点儿?

58

这是寻常打招呼的话。喝点儿不是喝别的,指的是喝酒。这地方,无酒不成席。每回不醉倒几个,定是主人家待客不周。寻常时候,人们也喜欢喝点小酒。我的小说里,人家饭桌上常常有酒。父子连襟,兄弟子侄,翁婿甥舅,少不得推杯换盏,喝起酒来。家务事,儿女情,经济账,都在酒桌饭桌上。这地方是典型的北方饮食。平原上盛产小麦,素以面食为主。在我的小说里,常常写到吃饺子。在我老家,自古以来,饺子是最隆重的待客之道。家里来了贵客,必得饺子款待。逢年过节,各种要紧日子,更是饺子当家。当地有句俗话,好吃不过饺子,好受不过倒着。倒着,就是躺着的意思。可见饺子在人们心中的分量。我在小说里常常写到包饺子吃饺子的场景。在我们家乡,包饺子不叫包饺子,叫捏饺子。谁家的闺女媳妇不会捏饺子呢,那是看家本领。至于我,从小到大只知读书,在厨事上笨拙得很,谈到厨艺,其他倒也罢了,只包饺子这一样,是敢夸海口的。现在想来,人们对于饺子的偏爱,大约不仅仅是饺子状如元宝,取吉祥意思,可能是更看重一家人团团围坐、笑语喧哗包饺子的热闹场景吧。食物的香气,亲人的笑靥,炉火明亮,热土可亲。这是人世间最值得流连的温暖光阴,鲜花着锦,烈火烹油,怎么说都不为过。童年记忆是如此深刻,多年以后,当我远离故乡,在作品里一遍又一遍写下包饺子情景的时候,我得承认,这大约也是对满怀乡愁的一种治愈和抚慰吧。乡人形容谁家光景富足,横看饺子,竖着饺子,躺着是饺子,立着还是饺子。多么活泼有力的民间语言。

　　大约是地处平原的缘故,家乡的人们都心性宽阔,包容豁达。"芳村这个地方,怎么说呢,民风淳朴。人们在这里出生、长大、成熟、衰老,然后,归于泥土。永世的悲欢、哀愁,微茫的喜悦,不多的欢娱,在一生的光阴里,那么漫长,又是那么短暂。然而,在这淳朴的民风里,却有一种很旷达的东西。我是说,这里的人们,他们没有文化,却看破了很多世事。这是真的。比如说,生死。村子里,谁家添了丁,谁家老了人,在人们眼里,仿佛庄稼的春天和秋天,发芽和收割,是再平常不过的事情。"这是《爱情到处流传》里的一段。乡人们少文化,可他们却是有见识的。有很多时候,他们简直就是乡村哲学家。我常常想,是什么教化了他们呢?是乡土、大地、星空、月光、乡村亘古如新的日常,还是草木、庄稼、露水、鸡鸣狗吠日升日落生生不息的民间?有读者经常说到我小说里的风景。不是我多么偏爱风景描写,实在是,在乡村,风景风物,即是生活的一部分。人们生活在大地之上、草木之间,与田野相邻,在村头树下纳凉,听老人讲古。风吹过村庄,吹过人们的心头。星空闪耀,月光皎洁,牛郎织女相逢在即,情急之下,王母娘娘从头上拔下一根簪子,随手一划,一道天河滚滚而来。从此牛郎织女隔河相望,人间多了一篇动人的神话传说。小时候,家门口有一棵柳树。父母说,等柳树长大了,要给姐姐打家具,做嫁妆。在童年记忆里,那棵柳树就不仅仅是一棵柳树,它包含了太多。乡村风物,何止是单纯的风景,实在是携带着人们的情感与记忆、想象与期待、历史与审美以及理想、执念甚至漫无边际的白日梦。风吹草动,水落石出。乡间草木万物给予人们的滋养和教化,岂止万千。从这个意义上,当我写风景的时候,其实也是在写人,写人与风景共存共生的人世间,写千变万化不离其宗的生活,以及千差万错来不及修改的人生与命运。

我的小说里经常写到坟地。家乡的坟地大都在人家地里,坟地与田野参差交错,而田野就在房前屋后。新坟泥土未干,村舍里却已经肉香酒浓。生命与死亡,就是如此彼此缠绕,无法分割。我不知道,人们对生死的了悟和看破,那种乐天知命,是不是跟这些有关。当然了,在我的家乡,人们看重风俗,在人生大事上,有很强的仪式感。婚嫁就不必说了,我在小说里曾经很多次写到。那种世俗的繁华热闹,叫人觉得人间值得,觉得再卑微平凡的人生,也有恣意绽放的时刻。丧事呢,这里人叫作白事,人们简直是把白事当作红事来过的。人们吃肉喝酒,打牌听戏,嬉戏玩闹,都是寻常。乡间的繁文缛节自然是多的,一板一眼,马虎不得。我在《野望》里写过一场白事,写得过瘾。写着写着,那种人生苍茫之感汹涌而来,我站在北京的书房窗前,看落日在草地上投下温柔的影子,久久沉默,泪流满面。我被这突然而至的泪水冲刷着,涤荡着,清洁着,洗礼着,当黄昏降临,夜的大幕徐徐展开的时候,感到内心澄澈,温柔而安宁。

说到风俗,故乡的风俗是繁多的。从正月开始,正月初一上坟祭祖,新节磕头,只许族中男丁。初二外甥上舅家,也有初二闺女回门的。初三生米不下锅。初五破五迎财神。初十传说老鼠嫁女,夜深人静时分,趴在磨盘眼里听,会听到锣鼓笙箫。正月十五灯节。正月十六游百病。二月二龙抬头。五月端午吃粽子。七月十五中元节。八月十五吃月饼。十月初一送寒衣。腊月初八喝腊八粥。腊月二十三过小年。大年三十,家家户户清水泼街,张灯结彩。除夕夜围炉守岁,辞旧迎新。人们一丝不苟沿袭着乡间民俗,耐心认真走过人世间的千山万水。我不厌其烦地在小说里写下这些,重彩浓墨,细笔勾画,其实是满怀着敬畏和感恩之心,以文学的方式,对我亲爱的故乡大地,对故乡大地上平凡而伟大的人民,对他们的坚韧、宽阔、悲悯与仁厚,致以深切而诚恳的敬意。

　　时至今日,我常常想起多年前的那个下午,我坐在书桌前,信手写下的那一句:这个村子,叫作芳村。彼时,京城九月,他乡的秋风轻叩着我的窗子。而故乡在万水千山之外,与我遥遥相望。悠然心会,妙处难与君说。

中国村庄的日日夜夜

算起来,离开故乡已经二十多年了。最不能忘记的,是那个薄霜满天的清晨,秋风吹过院子,厨房里传来擀面杖在案板上"碌碌"的声响,喜悦、轻快,有一种跳跃的明亮在里面。母亲在包饺子。我即将到县城读书,家里要为我送行。上马饺子下马面。在这些民俗上面,母亲有一种近乎固执的坚持。很多年之后,我依然记得,那一个深秋的早晨,炊烟的味道,饺子的香气,母亲忙碌的身影,一个小女孩儿心里,离别的淡淡的忧愁,以及,对前路懵懂的猜测和想象。我再没料到,多年前那一个深秋的早晨,是我与故乡,与我的亲人们最初的别离。那一顿母亲亲手包的美味的饺子,从此送我纵身上马,在离家的路上越走越远。

如今,每一回从京城回乡,都有一种说不清的复杂滋味。村庄还是那个村庄,但仿佛,很多东西都不一样了。母亲早已经离开了人世。这世上,恐怕再也没有人为我包饺子了。而父亲,也已经步入了他的暮年，对很多事情，或许失去了关心的能力。上马饺子下马面。这些淳朴的民间习俗，也渐渐没有人记得了。人们好像都是急匆匆的，忙着挣钱，忙着打工，忙着往前赶路。谁还会有闲情闲心，在这些情感细节处流连呢？

在我们"芳村"，红白喜事向来是天大的事情。谁家有了事，当家本院的不算，几乎大半个村子的人都要去帮忙，人越多，越能证明主家的好人缘。热闹、繁华、盛大，那近乎是乡村的节日。我记得，喜事的时候，满院子披红挂彩，红通通一片。白事的时候呢，满街白皑皑的，正如《红楼梦》里秦可卿大丧那一段说的，压地银山一般。我们这些小孩子，在人丛里挤来挤去，鞭炮噼啪乱响，唢呐和二胡吹起来，把整个村庄都吹彻了。

在我的长篇《陌上》里，很多次提到坟地。"芳村的田野里种满了庄稼，也种满了坟"。人们在田野里耕作，在坟旁来来去去。田野、坟地、房屋、村路，几乎连成一片。它们彼此交错、缠绕，相融相生。阳光照下来，麦苗青青，露珠滚动，新坟上的纸幡在微风里摇曳。田后房屋上，袅袅炊烟升腾起来。人们恩爱缠绵，或者反目成仇。人间依然是红尘滚滚。这就是中国乡村。中国传统文化的河流滔滔汨汨，流过了千百年。厚厚的积淀，都在中国乡村日常生活的河床上，令人安宁而妥帖。在《陌上》里，翠台、素台、小鸾、望日莲、瓶子媳妇、大全、建信、增志……他们不过是一些最平凡不过的普通人，在他们熟悉的乡土上，在千百年来中国乡村巨大的传统之中，他们自在、镇定、从容、不慌不忙。他们不过是中国乡村里最普通的男女，过着最中国的日常生活。婆媳不睦、妯娌龃龉、连襟面和心不和、夫妻同床异梦，却还是打打闹闹过了一世。七大姑八大姨，牵藤扯蔓，不尽的口舌与是非。中国有句俗话，家丑不可外扬，有很多东西，原是不足为外人道的，小说家却打着虚构的旗号，娓娓道来了。读者看了，忍不住叫一声好，或者，只是默默地，叹一口气。这样的一个芳村，这个村庄里的日日夜夜，大约也是每一个村庄的日日夜夜，甚或，正是整个中国的日日夜夜吧？鸡鸣狗吠、日升月落、婚丧嫁娶、人事更迭，一些东西凋谢了，一些东西新生了。一个被中国文化喂养大的人，谁敢说，对这样的日夜不是心中有数的呢？

然而，当时代的洪流滚滚而来的时候，我的芳村经历了什么？那些生活其中的人，男人、女人、老人、孩子，他们还好吗？他们安宁吗？他们是不是也有内心的惊惶、迟疑、彷徨和茫然？大时代的风潮涌动扑面而来的时候，他们该如何自持，如何在乡土的风沙中安放自己？我仿佛看见，他们在剧烈的变化之中，俯仰不定的姿势、辗转难安的神情，听见他们内心急切的呼喊，还有艰难转身的时候，全身骨节嘎巴作响的声音。

我想写出他们的心事，写出乡土中国在大时代的隐秘心事。时代巨变中，一些东西烟消云散了，一些东西在悄悄地重建；更有些东西，中国乡土文化中积淀最深最厚的那一部分，依然在那里坚硬地存在着,任凭时代风云变幻,大江东去浪淘尽,千古风流人物。

于是,我写了《陌上》。在《陌上》里,我的兴趣在于芳村的日常生活,我试图写出一个村庄的日常生活中,那些生机勃勃的细节。比方说,一场婚礼的繁文缛节,一餐饭菜的色香味形,一个女子的服饰妆容,一场争吵里隐藏的方言俚语,以及人情世故、礼尚往来,这便是世道,是人心,是一个地方的习俗,也是一个地方的文化。在这些细节里面,中国文化中生动琐细但却活泼泼毛茸茸的质感,都在其中了。正如《陌上》的尾声里所说的:年深日久。一些东西变了。

一些东西没有变。

或许,是永不再变的了吧。

我想写出这个时代的中国心事

倘若从当年那个薄霜满天的清晨,辞别父母往县城求学算起,离开故乡已经将近三十年了。

这么多年了,从芳村到京城,一路跌跌撞撞,吃了不少苦头,也受了很多生活的欺侮。总想着,有那么一天,苦尽甘来,能够安静地坐在自家的阳台上,把十丈红尘都随手抛却了,喝茶弄草,听听市声,看天边闲云飞渡。

然而,谁会想到呢,世事难料。随着年纪渐长,对过往的人和事,对身后那个遥远的芳村,竟然越来越牵挂了。

每天给父亲打电话,成了我日常生活的一部分。有时候打不通,就不停地打,心里面惊惶不定。父亲说,能有什么事呢,左右都出不了芳村。

父亲的语气模糊,听不出是埋怨,还是欢喜。每天从北京打来的电话,每隔一段从北京寄来的食物、药品、汇款单,令父亲在芳村颇有名声。常常是,父亲坐在街门口接电话,旁边的不知谁就大声喊道:给你爹寄钱来吧,你爹没钱啦。这完全是芳村式的玩笑话。父亲就呵呵笑。隔着千里万里,我都能想象出父亲笑的样子。

想来,我毕竟还算一个幸福的女儿。虽然母亲过早离世,可是,毕竟还有父亲在,在芳村。只要我拨通通往芳村的电话,叫一声爹,总有人答应着。我觉得幸福而满足,也有隐隐的担忧。但我把这担忧悄悄藏起来,装作若无其事。

父亲说,邻居大爷殁了。怕被发现不了,自己挪到大街上,当众喝了农药。大爷七十多岁,儿孙满堂。父亲说这话的时候语气平淡。他也是见惯不惊了。

父亲说,村西一家婆媳纠纷,当婆婆的给儿媳妇跪下了。人伦纲常都颠倒了。

父亲说,为了给儿子娶媳妇盖楼,谁谁去非洲打工去了。一去五年,不敢回来,路费太贵。

父亲说,村里的水吃不得了,污染了。人们都买水吃。

父亲说,村里闹离婚的越来越多了。世道变了。

父亲说,村里人情都凉了薄了。有钱就是爷。

父亲说,人心捉摸不定了。笑贫不笑别的。

……………

那些通往芳村的电话,琐碎、家常、零乱、震惊、疼痛。这还是

68

记忆里的那个芳村吗？如今的芳村，是那么陌生。风沙扑面，人心惊惶。如今的芳村，叫人又爱又痛，寝食难安。

我想写写芳村。写写那些在时代巨变中的男人女人，他们的泪水和呼喊，他们琐细的忧愁和卑微的喜悦。那些看着我长大的长辈，他们在时间的长河里渐渐湮灭，终至消逝。那些与我血脉相连的亲人，在命运的起伏中彷徨歧路，身不由己。谁会知道呢，时代风潮涌动中，藏在华北大平原一隅的那个小村庄，那个村庄的人们，他们的内心，都经历了什么。大约，一个乡村妇人的内心风暴，一点都不比一个城市女性为少。甚至，或许更为猛烈和凶险。只不过，她们不会表达。

我想代他们写出来。

当我坐在电脑前，创作《陌上》的时候，我才知道，这么多年了，在城市里漂泊俯仰，自始至终，我从来没有忘记我的芳村。

我常常想，假如当年我没有读书，很有可能，我也是芳村众多女子中的一个。为了儿子的婚事，愁白了头发。为了九块钱，风里雨里奔波一天。为了二斤鸡蛋，嫡亲姊妹反目。老病相逼之时，为了不拖累儿女，也为了残余的可怜的尊严，走了绝路……

是谁说的，最难的就是写当下。追忆，因了时空的暌隔，便拥有了足够的审美空间，可以进退有据，可以闪展腾挪。那是过去时态。对于已经发生的事情，我们总是笃定的，胸有成竹。而写当下，写当下处于矛盾旋涡中的人和事，是不断发生变化的正在进行时态。生活是伟大的。生活是复杂的。生活充满了无限的可能性。生活永远走在想象力前面。面对庞大的、复杂的、丰富的、变动不居的生活，小说家该如何以文学的方式，切入现实？是正面强攻呢，还是迂回作战？是短兵相接呢，还是十面埋伏？

就审美偏好而言，我大约是偏于古典的一路。喜欢倚遍阑干、天涯望断，喜欢隔着帘子听雨，独上高楼看月。这样的审美偏爱，令我不大肯赤膊上阵，刺刀见红。我更喜欢从日常生活的细部，寻找那些微妙的细小的缝隙，然后慢慢撬开。撬开，有时候，会忽然之间有令人惊讶的发现。小说是什么呢？小说就是往小的地方说。汪曾祺先生这话实在妙极了。小说不过是街谈巷议，飞短流长。芳村的男人女人们，谁没有怀着一腔心事呢。方才还在人前微笑着，转过身去，却是眉头紧锁，依稀有泪光。他们是中国乡村最普通的凡夫庸妇，在他们的世界里，最惊险的，不外是一盒过期的点心引发了家庭风波，一条发错的短信导致了爱恨纠结，一场婚礼带来了一场是非，一句流言毁了一个女人的半生。这些隐隐约约的心事，同宏大的时代语境呼应着，有很多意味深长的东西在里面。

在《陌上》里，我想写出那些男人女人的心事。写出那些男人女人的心事，大约也就写出了芳村的心事，写出千千万万个村庄的心事，写出乡土中国在一个大时代的隐约心事。一个小说家的野心，大约便是，写出天下人的心事吧。

习惯了在小说中寻找线性故事的读者,很有可能,会在《陌上》这里感到失望。既有的阅读经验受到了挑战,或者说挑衅,往往是令人恼火的事情。可是,这由不得我。生活不就是这样子吗? 无数的庸常的散乱的碎片,一地的鸡毛和蒜皮以及女人的长发,纠缠不清。我喜欢生活中那些微妙的细小的东西,不是那么清晰,不是那么确定,犹犹豫豫的,似是而非的,模糊的,暧昧的,一言难以道尽,待被追问得紧了,只好是一声叹息,然后是沉默。总觉得,这沉默里面,有很多迷人的东西,喧哗着,涌动着,肿胀着,大约这才是小说最华彩的部分。

全书由一系列看似独立的短篇组成,但彼此之间又有错综的勾连和交叉。有评论称这是一种艺术上的冒险或者挑战,是"了不起的大胆"。不是以时间为贯穿全篇的线索,而是以空间来布局谋篇。这个空间,便是芳村。也许会有人质疑这部书的结构。可是,文无定法。谁规定了长篇小说就必须是这样或者那样的呢? 更何况,在我之前,早就有人这么干过了。

这部长篇30万字,竟没有一个贯穿始终的主人公。如果一定要找,那么,正如我的责编所说的,《陌上》的主人公,不是任何一个人,而是芳村。

没错。芳村是这部小说最大的主人公,是女一号。我想写出时代风潮中的芳村,我想触摸时代风潮中芳村的精神奥秘。或许,触摸到了芳村的精神奥秘,也就碰触了我们这个时代的精神奥秘。我小心翼翼,如履薄冰。老实说,这部小说写得艰难,恰恰是因为这种冒险或挑战。如果是按照时间线性来讲故事,如同盖楼房一样,地基打好后,按部就班往上盖就是了。你只需要牵引着读者,满足他们对于故事的阅读期待。读者往往要向小说家索要一个结果。而结果是确定的,你可以很轻易地拱手相送,然后皆大欢喜。可是,《陌上》不能。写《陌上》好比是造园林,一个一个的小园子,不仅单独逛起来要精致有味,彼此之间的位置关系也要用心,飞檐错落,楼台掩映,曲径通幽,花木扶疏,都是有讲究的。最叫人苦恼的,是要不断地从头开始。谁不知道呢,万事开头难。这是对叙事难度的一种挑战。你必得时刻紧绷着,小心翼翼,片刻都不得松懈。同时,你还必得看起来十分放松,不慌不忙,从容不迫,有那么一种举重若轻的风度在。这风度,就是话语风度,浸润开来,就是小说的笔调、小说的气息、小说的审美质地。此外,大约,《陌上》也很少令读者能满足他们的好奇心。因为我不喜欢给出确定的答案。这世界本就是叫人说不清楚的。生活是那么复杂多变。我更愿意把更多的想象留给我的读者。

芳村的男男女女们,在这个村庄出出进进,串门子说闲话,鸡鸣狗吠,飞短流长。翠台、素台、小鸾、瓶子媳妇、望日莲、大全、建信……他们不过是中国乡村里最普通的男女,过着最中国的日常生活。婆媳不睦,妯娌龃龉,连襟面和心不和,夫妻同床异梦,七大姑八大姨,牵藤扯蔓,不尽的口舌与是非。中国有句俗话,家丑

72

不可外扬。有很多东西,原是不足为外人道的。小说家却打着虚构的幌子,娓娓道来了。读者看了,忍不住叫一声好,或者,只是默默地叹一口气。这样的一个芳村,这个芳村里的日日夜夜,大约也是中国千万个芳村的日日夜夜,甚或是一个中国的日日夜夜吧。

而今,这芳村的日夜被时代的洪流所裹挟,发生着惊人的变化。仿佛是仅仅一夜之间,一切都不一样了。一些坚固的东西烟消云散了。尘土飞扬中,一些熟悉的东西,变得面目模糊。这还是我熟悉的那个芳村吗?

是从什么时候开始,我竟然变得这么脆弱了? 老实说,我不那么自以为是了。我想老老实实地通过《陌上》,回到芳村,回到芳村的内心,回到我的亲人们身旁。我试着以他们的眼光,打量芳村,打量芳村的人和事。我想重新理解我的芳村。

我想写出我们这个时代的中国的心事。我想找到一条回家的路。

一条路究竟有多长

写这篇文字的时候,刚接受完报社一位朋友的采访。窗外飞着小雪,漫不经心的,也不太认真。仿佛新岁已至,春天为时不远。这小雪,不过是为壬辰岁末添一些热闹的气氛罢了。采访却是认真的。她年轻,却锐利,把我那些无聊的闲话轻轻拨开,一下子便击中了我坚硬外表下的脆弱。

我是如何写起小说的?这一条道路,我一遍遍回望,却总是山重水复,现实和虚构纠缠不清。如果被问起来,我的回答一定完美流畅,仿佛一篇小说,有起承转合,有人物,有故事,有细节。然而,从河北到北京,这一条路,究竟有多长,在这一条路上,我究竟承受了什么,承受了多少——这是我难以回答的。

如今,我不太敢用梦想这个词。不为别的,只觉得奢侈。做梦,总也要有一定的资格吧。现实是如此坚硬,它仅存的缝隙里,还会开出梦想的花朵吗?然而,当年的我,竟真的有一种可爱的莽撞。在青春即将挥霍一空的时候，蓦然从昏昏欲睡的生活中惊醒，觉得，假若如此了此一生，究竟是太委屈了自己。不是别的，是内心。

这么多年了，我依然记得，中学校园里那种宁静与喧嚣。办公室旁边的那间小屋，未曾启用的男厕，到处都是堆满的教材、书、试卷、窄小的课桌、考研复习资料。有学生在外面喊：付老师，付老师。窗外，是夏天的午后，烈日如火，操场空旷。这些记忆中的场景，已经变作一篇小说中的细节。大约没有人知道，那篇小说中有我生命的证据。不知道，我在写那些场景的时候，往事历历，如在眼前。那间令人窒息的小屋，仿佛茧，沉默不语，耐心等待一个叫作梦想的东西破茧而出。

那时候，年轻热血，也幼稚，也轻狂，不知道这梦想的代价是什么。不知道在获得的时候，失去了多少。不知道在追赶的时候，又错过了哪些。总是对生活满怀困惑。总是以为，自己身处的生活不值一过，而梦想在别处，闪闪发亮。

有一天，接到了一个电话，是故乡村庄的儿时好友。她在家乡县城教书。当年，她曾在北京一所大学读书，毕业后回到家乡的乡中。我不知道，见识了京城的繁华热闹之后，她在那个偏僻的乡村中学，如何突兀地转折她充满幻想的青春。她内心动荡吗？她有过梦想吗？她在安妥自己的同时，如何安妥父母跌落的期待，以及旁人猜测惊疑的目光？到县城是后来的事了。那所县

75

中,正是我们当年读书的母校。当年的老师,而今是她的同事。她对自己的生活有过厌倦吗?物是人非,仿佛一个时间的轮回,仿佛一场梦。她手拿讲义走在校园里的时候,有过恍惚吗?站在岁月的风口处,她是否有过动摇和彷徨?身陷纷乱的生活旋涡,我穷于应付。只是在偶然的瞬间,才会想起她,儿时的亲密伙伴,如今远隔山岳,尘世苍茫。那一天,那个夜晚,她在电话那一端,静静地讲述自己的生活。她的语气沉静镇定。只有在谈到我的写作的时候,她的平静才有了一些轻微的起伏。她说,她看到了我写的东西。这想必是她打电话的起因了。我不知道说什么。不是别的,是惊讶。我写的那些乡村物事,我笔下的那个"芳村",她曾身在其中,并且一直未曾远离。现实与虚构,她该是一眼便能识破的吧?她并没有过多地谈论我的小说。我们在电话里聊家常。我说起了她家院子里的丝瓜架,木门上歪歪扭扭的粉笔字,某一场游戏中的小纠葛,某个夏天的粉衬衫和花裙子。她十分震动,连连说:有这回事吗?我怎么不记得了?忽然间,我便警觉了。或许,我那些乡村记忆,本身就是我的某种虚构?抑或者,那些文字,竟不过是小说家的白日梦?

想起了同父亲的一次闲谈。那时候,父亲因为眼疾住院,我陪同照料。我说起了童年时的一些趣事,他亦十分惊奇:我怎么都记不起来了。父亲记不起了,儿时的伙伴记不起来了。能够记起生命中那些微不足道的段落的,反而是我,这个远离故乡的人。

这究竟是怎么一回事呢？是源于小说家的敏感气质,或者是,仅仅因为,我不在场。我只是用回忆,修复和弥补永远逝去的旧时光？而他们,一直都在。那是他们耳鬓厮磨的生活,他们平静的生活。他们就是生活本身。因此,他们不慌乱。他们镇定自若。他们的内心,想必也是有梦想的吧。然而,他们知道如何去妥帖地安放。

而我,从河北到北京,一路辗转,在命运中跌宕起伏。这姿态,虽勇猛,怕是也难得从容吧。所幸,我还有写作。无论如何,我儿时的伙伴们,部分地是因为我的文字——这实在是侥幸——才隔着重重山水,隔着重重光阴,与我在尘世中再次相认。

在城市的灯火中回望乡土

多年以前的那个黎明，父亲带着我，去县城上中学。

初秋的村庄，宁静而恬适，笼罩在淡淡的晨霭中。秋庄稼成熟了，等待着收割。空气里流荡着植物汁液的气息。母亲在村口送我们。走出很远了，回头，还可以隐约看见母亲的身影。崭新的燕山牌自行车，载着我，载着一个乡村孩子对远方的想象，在村路上颠簸。

从那个黎明开始，我踏上了一条漫漫长路，从乡村到城市，越走越远。

风从田野深处吹过来，带着湿润的泥土的腥气。父亲的背影在前面，我看不见他的脸。父亲应该是喜悦的吧。或许，他再想不到，此一别，山高水长。女儿再次回来的时候，将越来越变成故乡的客人。

这么多年了，我一直试图重新回到那个晨曦微露的黎明，以郑重的方式,向我的村庄告别。父亲、母亲、姊妹,那些鸡鸣以及犬吠,还有脚下那条青草蔓延的村路。我多年以前轻狂的双脚,那么轻易地就迈出了我的村庄,迈出了生命苦旅中匆忙的一步。岁月默默无言,然而,它究竟教会了一个游子多少?

多年以后,当我在京华烟云中茫然四顾的时候,所幸,我还有写作。

在文字的丛林中,我竟然找到了一条还乡的小路。沿着它,一次又一次,跨过千山万水,重新回到家乡,回到村庄,回到那个树影满地的亲爱的院落,回到我的亲人们身旁。大约是由于血脉相通,抑或是写作者天生的敏感气质,你相信吗,远离故土的我,竟然深知乡村的悲喜与痛痒,生活在其中的人们,他们的泪水、欢笑,他们的叹息,甚至咳嗽,我都心有灵犀。我懂得这个村庄的前世今生,我明了这个村庄的内心曲折。差不多,我每天都会打电话,给我的父亲。我同父亲说话的姿势,便是我同这个村庄交谈的姿势,无事的,家常的,有一句没一句,却是句句关心。关心则乱。在我的远在京城的书房里,我该如何平复电话前后摇荡的心神?我满怀疼惜地看着我的亲人们,看着他们在岁月的烟尘中辗转不安,看着他们在时代的大潮中俯仰不定,我试图用我的笔去安慰他们,去轻轻触摸他们动荡不安的内心。

算起来,在城市中生活的时间,竟然比乡村更长。有人问我,为什么我笔下的乡村,充满了温情与诗意,而城市叙事,却几乎完全是另外一套笔墨。这样的提问多了,我也时常反省。乡村不是永恒的田园牧歌,而城市,也不是罪恶的渊薮。城市和乡村,并没有审美级别上的优劣。或许,乡村由于其自带的诗性,令我们这些故乡的浪子一再返顾,魂牵梦萦。而城市,又何尝不是当年身处乡村的我们最遥远的眺望,最执着的寻找,以及最热烈的梦想?如果说是乡村哺育了我们,那么是城市,为我们敞开了另一个世界。我的乡村生活,饱含着一个孩子对苍茫尘世最初的想象,天真的猜测,隐约的试探,悄悄萌芽的野心,温暖明亮的期冀,在乡野的风中慢慢孕育,等待着生长的季节。而后来的城市生活,则是对一个乡村女子梦想与野心的大度包容与慷慨接纳。城市仿佛大海,可以纳百川,不择净秽。这是城市的精神气质。多少个夜晚,透过书房的窗子眺望城市,一城灯火,笼罩着高楼、广厦、车水马龙,笼罩着小民百姓的日常生活,笼罩着成千上万个从故乡走出的人的梦。如果说,乡村是我的过去时态,那么城市则是我的现在进行时。我身处其中,每天与她晨昏相对,耳鬓厮磨。虽然,我常常念及乡村的美好,然而,我却实实在在地,享受着现代城市的种种便利之处。作为一个写作者,我常常想,我该如何与城市相遇?在城市生活浩浩荡荡的河流中,我的文学想象,从何处开始,在何处结束?从某种意义上,斑驳丰富的城市生活,或许能够更清晰地映出大时代的投影。我试图在乡村叙事之外,逐渐建构属于自己的城市叙事美学。在一次访谈中,关于城市和乡村,我曾经有过一个不太妥帖的比喻。如果把乡村比作梦里念里的情人的话,那么与城市,则是日夜相守的世俗夫妇。一个是舌尖上的那一滴蜜,一个是餐桌上的一碗粥。无论是蜜,抑或是粥,她们都无私地喂养我们的身体,并且滋养我们的灵魂。

惊鸿一瞥的光阴

　　去晋城的时候,是农历六月。小暑刚过,大暑在望。京城正是大热天气,浮云满天,却不下雨。接我们的当地朋友说,晋城凉爽,问带足衣物没有。心里半信半疑,想都是北方,不会这么悬殊吧?

　　快到晋城的时候,往车窗外面看,只觉得林木蓊蓊郁郁,满眼绿意宜人。暮色已经笼罩下来,两旁的山色,在暮霭里浸染着,仿佛是谁任性拿了水彩,湿淋淋涂抹上去,黛青、深紫、灰蓝,起伏在大片大片深的浅的绿的色块里,教人不免有一种恍惚之感,这是山西呢,还是江南?

　　果然是凉爽极了。第二天,在蟒河,偏偏又下起雨来。雨也不大,淅淅沥沥,在山风里细细斜飞着,迎面就扑了人一头一脸,衣裙也湿漉漉的,兴致也湿漉漉的,遥想京城中的溽热之苦,真是两重天地。山色空蒙雨亦奇。在山间小径上闲闲地走,清幽绝美,叫人有出尘之念,直想把俗世的红尘万丈都覆手抛却了,躲到这林泉间隐居起来,对着晓风残月,饮酒喝茶,偃仰啸歌,也不枉此生虚度了。

说来奇怪得很。有一种植物,叫作红豆杉的,原本是亚热带树种,却在蟒河见到了。"红豆生南国,春来发几枝。"王维的诗句,想来是小孩子都能随口背诵的。也不知道,在山西晋城,在蟒河,这南国的红豆,是怎样把相思的种子,遍撒在北地的山水之间。其中有怎样的曲折心事,竟不得而知了。

一路停停走走,真如画中游历一般。难怪蟒河素有北方小桂林之称,果然不虚。

王莽岭位于南太行之巅。相传,西汉王莽追赶刘秀到此地,安营扎寨,故名王莽岭。进山的路上,只见两旁烟云乱飞,奔涌不已,同青山绿水缠绕着,恍然如阆苑仙境。当地朋友说,这样的响晴天气,烈日朗照,竟然还有这样的云海,也是鲜见的事。想来王莽岭是有情的,见远客来了,便殷勤地把难得的美色给人来看。

山中天气变化不定。爬山的时候,却下起雨来了。我和女伴没有去,在房间里喝茶说话。雨水落在窗子上,琳琳琅琅的,听起来叫人觉得欢喜。不像是南国的细雨缠绵,令人徒生惆怅。这样的雨天,这样的山色,在王莽岭,品茗清谈,消磨一个午后,也是难得的清闲时光。有时候,人生就是要拿来虚度的吧。

爬山的人们回来了,说起山上风光,虽然淋了雨,竟都是兴头头的。不免有些小遗憾。

次日清晨，早餐间隙，当地的朋友热心，一定要带我去附近走走。他指着一个小亭子，说就是那里，去看一看吧。

那亭子叫作流水亭。四处看时，却不见流水。想来是要同这高山流岚相呼应的。站在亭子里，只见四周群峰如聚，莽莽苍苍直奔过来，叫人不由心里一惊。雨后初晴，阳光已经耀眼了，天上云蒸霞蔚，雾海云流，同满山的翠色辉映着，只觉得天地间金丝银线缠绕交织，华美得无可比方。

远远地，时隐时现，有挂壁公路，依着山势，因势赋形，宛如飞龙一般，只看一眼，便觉得眩晕了。大自然的鬼斧神工，同人类的匠心功力，都令人惊艳。

出了亭子下山来，不断有人背着沉重的器材来来去去。当地朋友说，是各地的摄影家，专程来拍王莽岭晨景的。

接下来几日，拜了炎帝陵、炎帝中庙，游了青莲寺、开化寺、玉皇庙。在长平之战遗址，品尝了著名的小吃，叫作白起肉。血与火，爱与恨，淳朴的民间情义，隔着浩渺的历史烟云，滋味复杂难辨。

良户古村落，依山傍水，风光独绝。是清代高平号称三阁老之一的田逢吉故里，有大量的民居古建筑遗存，精美丰富，令人惊叹。那错落有致的阁楼老房，结构精巧的院落布局，美妙绝伦的三雕艺术，显示出古朴厚重的明清风貌。最有名的当数蟠龙寨，这是一组规模宏大的城堡式明清建筑群,融宫廷规制与地方特色于一体,既有北方的轩敞开阔,又有江南的秀雅精致,是晋城城堡式民居的缩影。

蟠龙寨的前邻,是侍郎府,为田逢吉的私邸,也称田府。高门大户,坐北朝南,一进四院,轩昂峻秀。同门楼相对应的,是一面巨大的砖雕照壁,各种吉兽鲜卉,暗喻着寿山福海,绵延无尽。院子里,有青苔点点,暗影重重。时光斑驳,只有那一对明代的石狮子,在岁月的流逝中岿然不动,波澜不惊。在这古老的村落里走走停停,仿佛耳边隐隐有金戈之声,细看时,眼前却见炊烟静逐,鸡鸣狗吠,一幅世俗小民安居乐业的日常图景。

在村外的一个院落里,见到很多旧的匾联题字。也有祈福的,也有明志的,也有劝喻的,也有自省的;吟风月的也有,伤春秋的也有。我们慢慢看着,辨认着,诵读着,一时有多少岁月如潮,多少伤心事得意缘,俱在这些磊磊堆放着的匾联中匆匆流走,再也回不来了。

众人还在院子里流连,我独自悄悄出来。看眼前野花开得寂寞,野草如绣,锦缎一般,在下午的阳光里闪闪发亮。庄稼地如同绿河流,在风里起伏着。门前有一个小篱笆,围着一片小菜畦,几株大葱,粗阔的叶子,正琐琐碎碎开着小白花。仿佛结着忧愁,又仿佛是欢喜。一只蝴蝶受那颜色蛊惑,绕着它,高高下下地飞。也不知道,那蝴蝶是哪朝哪代的蝴蝶。更不知道,自己究竟身在何时何处了。

临别前那一夜,在山上用饭。月亮圆圆地停在半空,照着人间,照着人间的盛筵。

仿佛是,还没有开始,便要分别了。短短几天,只不过是惊鸿一瞥,晋城的碎光阴,金子一般,灼灼的,便永留在心上,再也难以忘怀。

遇见了大明湖

几次到济南，来去匆匆，与大明湖竟然都错过了。

谁会想到呢，这一个初夏，却遇见了大明湖。

早知道济南又叫泉城，却不知道，这大明湖水，竟是七十二名泉汇流而成。如果说泉是济南的灵魂，那么，大明湖的浩渺烟波，该是这城市的梦吧，缥缈绮丽，千年不醒。

坐在画舫上，看一湖绿水在身畔流淌。五月的阳光洒下来，跌落在湖水里，溅起一湖的金镞银箭。水藻茂盛极了，参差摇曳，把湖水弄得越发幽深，好像是一座城市的心事，教人几番试探，终究不好猜破。岸边有大片盛开的蔷薇，是那种很娇气的粉色，粉中带一点紫，满眼尽是烟霞，煊煊赫赫半个堤岸。也不知道，这水畔的蔷薇，年年岁岁，经历过几度的荣枯了。有花瓣落在水上，独自落寞飘零，总不肯随波逐流。

风从水面上吹过来，有浓郁的杳气四下里弥漫。起先还以为

87

是蔷薇的香气,却忽见一树一树的槐花,白雪纷落一般,开得恣意,烂漫到叫人惘然,叫人不知从何收拾。北京也有槐树,叫作国槐,这个季节,早已经开过了。花多是淡黄色,有的是白中隐青,也没有这样馥郁的香气。花香袭人,混合着湿湿的水汽,好像是清醇的老酒,令人不免有微醺的醉意。怕是只有这大明湖水,才能滋养出这样狂放明艳的槐花吧。想起四月里在绍兴,坐乌篷船,两岸石头青苔斑驳,也有叫不出名字的野花,却一律是羞怯向内的,清新秀妍,是小家碧玉倚门回首的味道。这大明湖畔的花木,倒更具一种大家闺秀的风姿,有声有色有味,大开大阖,轰轰烈烈的,果然是齐鲁的气概。

"四面荷花三面柳,一城山色半城湖。"逛老街的时候,见人家院子里,泉水迂回环绕,水声叮咚,花草繁茂,又叫人不免疑惑,这是北方的济南,抑或是江南的水乡?刘鹗在《老残游记》里说,家家泉水,户户垂杨。这是真的。想来北方的城市,竟有着这样水汽氤氲的湿润,实在是奇迹。随处可见垂杨柳,姿态风流婉转,仿佛不胜夏风的万种蹁跹,便更觉恍惚了。"柳阴直,烟里丝丝弄碧。"也不知道,周邦彦的愁思,是不是同这杨柳有关。而唐诗宋词里,杨柳却总是以美好的姿态,叫人低回。有人惊叫起来,原来是大鱼跃出水面。

才是五月天,赏荷还有点早。但大明湖的莲荷却是早有耳闻的。每年一度的荷花节,不知是否能得机缘遇见。荷叶却正是盛

88

时。波光潋滟中，一湖的荷叶田田，如亭如盖，令人不免想象满湖莲荷的盛景。荷花皎洁，正宜于月白风清时候独赏。荷花是济南市花，这泉城人的心性，或可见一斑了。

岸边有大片的芦苇掠过，茂密秀挺，散发出一股郁郁森森的湿气。芦苇这种事物，是最宜于入诗入画的，不知道是不是因为它的姿态，抑或是因为它的气质。芦苇也叫作蒹葭，据说是最早出现在古典诗词中的植物之一。《诗经》里那著名的句子："蒹葭苍苍，白露为霜。所谓伊人，在水一方。"写的是秋光。若是秋日，水天一色，有芦花飞白，想必是另一番景致了吧。而那一位伊人，隔了一泓秋水，更平添了审美的距离和想象，平添了离愁无限。不论是羁旅愁思，还是隐逸闲情，似乎都该有水边芦苇。莫名其妙地，觉得芦苇本该属于秋天。这夏初的芦苇，终究是少了几分萧索孤寒，染世俗太近了。

水边有乱石，虽然浸润了水色，却依然隐隐有一种嵯峨之气。教人想起"往事千端，闲愁万斛，世情无数嵯峨"的句子。这横布的乱石，或许是千佛山在水中的倒影吧。同太湖石的"瘦、皱、漏、透"相比，更别有一种浑厚雄沉。湖水拍打着石头，石头上依稀有字。远处，绿烟缭绕，亭台错落。若是细雨斜飞，想必更有"多少楼台烟雨中"的错觉。难怪诗人感慨，"济南潇洒似江南"了。

草木深秀，绿影浸染着水波。画舫过处，惊起几只水鸟，声声鸣叫着。四下里更见清幽了。我们喝茶，闲话，更多的却是沉默。

在俗世间俯仰久了,难得浮生半日闲情。这个时候,绿窗清茶是好的,把酒临风也是好的。茶教人清越,酒呢,却教人沉醉。人生苦短,清越也好,沉醉也罢,总是人间好滋味。

自然了,如果不是这雕梁画栋的游舫,换作旧的木船,三五知己,泛舟湖上,任意东西,想必是别有一种风味吧。若是有明月当空,星光迷乱,摇落了波光灯影,彼时清风入怀,满心澄澈,或许更是另一番情味了。

岸上有人在唱戏。在船上听来,不免起了向往之心,向往那戏里的另一番人生。戏里戏外,人生的要义,怕是一样的吧。或许,艺术的迷人之处,就在于能够在局促的人世,多活一生,更或者几生。这也是写作者们宁愿舍弃俗世繁华,甘心沉溺于纸上生活的缘由之一吧。这是作家的幸运,还是不幸呢?

弃舟登岛,迎面是一带游廊。游廊前有一石,乾隆亲笔御书"历下亭"三字。游廊门上有楹联一副:"海右此亭古,济南名士多。"出自杜甫的诗句。这便是著名的历下亭了。在历下亭前看水,竟与方才船上不同了。只见大水浩浩汤汤,扑面而来,映着天色茫茫,有泱泱大气象。七十二泉春涨潮,可怜只说似江南。总觉得,倘若真的把大明湖同江南相比,终究是小看了她。这意兴湍飞的大水,到底是齐鲁大地的精魂。风从水上吹来,只觉得满怀心绪苍茫,说也说不得。

当年在鲁院的时候,也曾与几个同学,从时空的秩序中一路逃出来,逃到西子湖畔。闲坐,发呆,喝黄酒,口占西湖三叠,在当时还被引为一时逸事。记得也是初夏,我们几个人,在湖边坐了一个下午,直到黄昏降临。西湖自然是美的。西湖向晚的烟波,教人直想把万丈红尘都覆手抛了,驾一叶小舟,去做湖上的隐士。还有一年,在南京,夜游秦淮河,桨声混合着灯影,六朝金粉迷离,那脂红粉白水绿,令人不免有看破世间情事的虚无,转而跳出尘网,只甘心于凡夫俗妇,过一粥一饭的日常生活。而在大明湖畔,当初夏的风吹过,见一湖大水浩荡汹涌,高下起伏,却无端地,生出一种人生的豪兴来。想来并不是志量深沉、意气风发的人,只贪恋现世安稳人生和煦的一面。也不知为了什么,这大明湖水,竟动人心性了。古往今来,每登临山水,不免惹人平生心事。这竟是真的了。岁华尽摇落,芳意竟何成。这种气象,一定是大明湖的。

再次登船的时候,是回程了。一船人都有些沉默。水还是那湖水,草木还是那草木。鸟声鸣啭,水波荡漾,岸上的唱戏人犹在。然而心绪究竟不同了。

在湖畔一个老院子里用饭。一棵石榴树,据说已经有三百年了。榴花似火,胭脂一般,是人生热烈飞扬的一面。我们在树下喝酒,有石榴花落下来,落在衣襟上,落在酒杯里,也不去管它。想起有一年在江南,也是西湖边上,在桂花树下喝茶,清风阵阵,有桂花簌簌落下米,落在茶朴里。那一种清绝寂寞,不惹尘埃,同

91

眼前这一种人间烟火,竟是两番滋味。榴花之于酒,桂花之于茶,都是好的,却是另一种意思了。

"日日扁舟藕花里,有心长作济南人。"元好问的叹息,仿佛热热的还在耳边。在老街上随意走着,青石板湿漉漉,隐隐有水色。说不定一脚下去,就踩在泉水上了。泉边,有浣衣的妇人,也有垂钓的老者,小孩子嬉戏着,还没有经历世事。或喜或悲,他们一律眼中有水,神情温润。出门十步是烟波。泉城的人们,有了大明湖的滋养,怕是不再担心做人干燥了吧。

在大明湖畔,也尝到了泉水沏的清茶,还有泉水做的饭菜。滋味自然是不错的。但终究叫人喜欢的是,借这大明湖水,洗一洗满身的风尘之色。若洗出一颗初心来,当是最难得的了。

这个初夏,遇见了大明湖。

如同涓流入海

到了寿县才知道，这座千年古城，竟然生长和流传着这么多动人的故事。

时令已然是深秋了，然而在寿县，却还是晚夏的光景。树木依然青绿着，风悠悠吹过，天阔云闲，田野深处隐约透露出秋天的消息。寿县古称寿阳、寿州、寿春，既做过都城，又做过州治，是安徽省唯一保存完好的古城池。古城东门，又叫宾阳门。城门下的石路上布满深深的车辙，千载而下，不知有多少车马从这里走过，这一道道深深的车辙，亦不知见证过多少人间的甘苦与悲喜。墙壁上有一块画像砖，讲述着"人心不足蛇吞象"的民间传说。淡淡的金色的阳光照下来，古老的城墙仿佛沐浴在金汤里一般。城门下人来人往，车如水马如龙，在车辙纵横的千年古道上踏踏走过。一边是市井生活的繁华日常，一边是千年沧桑的岁月烟云。历史和现实在这里神奇地相遇、叠加、交错，令人心头涌起许多难言的感喟。仰望城墙头,竟然生长着一簇簇茂盛的野生枸杞,结出深红的枸杞果,摘一颗细品,清甜中带着微酸。也不知道,这枸杞在这城墙上有多少年月了,花开花落,寂寞无主,任细密的果实在风中零落。宾阳楼下古战场,牧童拾得旧刀枪。站在城墙上往下看,便是淝水之战古战场。旧时的铁马金戈、刀光剑影,早已经在时光的洪流中烟消云散了,唯留下这莽莽苍苍的林木,在萧萧秋风中摇曳不已。这场古代军事史上以弱胜强、以少胜多的著名战例,同时也给后人留下"投鞭断流""围棋赌墅""风声鹤唳""草木皆兵"等历史典故。毛泽东在《论持久战》中,就曾经引用过"八公山下,草木皆兵"。

在宾阳城头远眺,隐约可见八公山。相传淮南王刘安在八公山上修仙得道,鸡犬舔食之后,"鸡鸣天上,犬吠云中",这就是"一人得道,鸡犬升天"的由来。也是这位淮南王刘安,在八公山上招贤纳士,编撰《淮南子》,在天文、地理、物理、民俗、文学等诸多方面,贡献卓越,并且完整记录了二十四节气,堪称百科全书,史家称"牢笼天地、博极古今"。据传,刘安和门客们在一个偶然的机会,无意中发现豆汁变成洁白细腻的东西,尝之味道鲜美,深感离奇,起名"黎祁",后来数易其名,定名为豆腐。李时珍在《本草纲目》中记载,"豆腐之法,始于汉淮南王刘安"。唐朝时,鉴真东渡,豆腐传入日本。而今,在日本豆腐制品外包装上,还有"唐传豆腐干、淮南堂制"等字样。在寿县,当然要品尝当地的豆腐。

一道豆腐煲上来,主人殷勤相劝,一试之下,果然好滋味。豆腐入口,有一种纯粹浓郁的豆香气,仿佛浸透了千年时光的汁液,原汁原味,醇厚清美。在座的宾客都直呼好吃。主人更是端出当地的各种名吃来。有一种点心,叫作"大救驾",相传公元956年,后周世宗征淮南,命大将赵匡胤率兵攻南唐,火力集中在寿县,久攻不下,后历经九个月围城之战,终于打进寿县,因操劳过度,赵匡胤茶饭不思,急煞了众将士。军中一厨师向当地人请教,以面粉、菜籽油、青红丝、糖桂花、金橘、芝麻等,做成一种点心,美味可口,救了赵匡胤一命,故名"大救驾"。听着民间传说,尝着驰名淮河南北的点心,别有一番滋味在唇边心头。

寿阳八景中的第一胜景,即珍珠泉,位于凤凰山下。泉水涌流,长年不断。泉水涌出时,串串气泡,状如珍珠,因而得名。《水经注》记载,北山泉源下注漱石颓隍,山上长林插天,高柯负日,出于山林精舍右、山渊寺左,道俗嬉游,多萃其下。这珍珠泉甘甜醇美,且有异趣,《寿州志》载"每闻人声,则泉水涌,小叫小涌,若咄之,涌弥甚,因名咄泉"。

拜谒了刘安墓,下得山来,正是夕阳漫天,秋风浩荡。同行的朋友采了路边一棵野草,细细长长的叶子,据说是有逗弄蟋蟀之用,因名蟋蟀草,又叫知风草,意思是它知道风的消息。风吹,草动,想必心亦随之而动吧。暮色漫卷,晚霞在天边热烈燃烧,秋风里渐渐有了凉意,忽然被这小小的有着动人名字的野草打动。知

95

风草,想来它知道的不只是风的消息吧。淮南王墓前的知风草,应该还知道更多。世事如烟。多少英雄豪杰都湮没在历史风尘深处,而这卑微而顽强的野草,在这片古老深沉的土地上生生不息。想起了白居易的诗:"离离原上草,一岁一枯荣。野火烧不尽,春风吹又生。"

在古城盘桓两日,为她悠久丰厚的历史文化深深吸引。不必说淮南王、春申君这样青史留名的奇人逸事,不必说风声鹤唳、草木皆兵这样的历史典故,也不必说安丰塘、正阳关、孔庙、报恩寺这样的寿县必去之地,单是寿州香草这种本土名物,已经足令人目眩神迷了。据《寿州志》记载,寿州香草碎叶方茎,有异香,产于寿县报恩寺后。赵匡胤困南唐(今寿县)之战时,城破后战马行至报恩寺旁,见此草便低头狂啃,任凭鞭打总不肯前行。赵匡胤便下马拔草闻之,脱口而出"此乃香草也"。从此名扬天下。从寿州回京的时候,我随身携带了一枚寿州香囊。明黄绸缎缝制,飘着长长的流苏,上面绣有"楚韵留香"字样。据说此草灵性神秘,可辟邪祛病,镇宅祈福。远离故土,其香益浓,又名离乡草。我把这香囊挂在书房里,幽香缭绕,在书房里弥漫,把读书写字的人包围,令人心神安顿,如涓流入海,是那种置身巨大历史传统之中的心灵安宁,自在自得。

辑三　小说们

我听见大地深处暗流涌动

　　小区附近有一家小邮局,邮局里有一个面色苍白的姑娘。每一回去,她都坐在那里,安静、规矩,却是眉尖微蹙,好像是心事重重的样子。不知是不是外面阳光强烈的缘故,邮局里光线昏暗。我看着阴影里那满怀心事的姑娘,不禁起了好奇心。

　　于是我写了《闰六月》。小说里,那个叫作小改的女孩子,从乡村到城市,一路跌跌撞撞走来,摔了不少跟头,吃过不少苦,最终,在坚硬的现实壁垒面前,还是妥协了。同大徐的那段恋情,真诚倒是真诚的,可是,里面也不免有小女人的私心、世俗的计算、现实的考量。这不能怪小改。现实是那样的沉重,城市的铜墙铁壁没有丝毫缝隙,小改不过是一个微不足道的小人物,姿容平凡,资质平凡,却有着对北京、对生活不平凡的梦想和渴望。设若她回到老家呢? 当然,生活是不允许有假设的。

　　这座城市里有多少个小改呢。有多少个小改,就有多少颗不安的心。小改的痛楚,小改的喜悦,小改的爱恋,小改的伤疤。小改们在城市里辗转难宁,挣扎着,呼喊着,纵是喊破了嗓子,也是无声。这种类似电影默片般的无声的呼喊,令人难受。我写下小改,不单单是为了小改。从小改的视角看去,还有常来邮局汇款的那女的。如果说这篇小说有两条线索的话,明线是小改,暗线就是那女的。小改走在北京的大街上,阳光照下来,那女的就是地上的影子。若隐若现,却是无可回避。作为小说家,坦率地说,更能引起我的好奇心的,是那地上的影子,越是不可捉摸,就越是惹人兴味。倘若说小改是地面上蜿蜒的溪流,那么,那女的,大约就是地下奔涌的暗流。我看不清她的来路和去路,只是隐隐能触摸到由于奔涌带来的巨大的动荡,以及不安的起伏。小说结尾是一个陡峭的转折。我得承认,这转折突如其来,出乎我的意料。我本来是想让小改结束一天的劳作,顺利登上回家的地铁的。可是,我未能如愿。意外出现了。巨大的秘密依然藏匿,却依稀露出了一点峥嵘。那女的长长的睫毛垂下来,遮住了小改的诧异的目光,遮住了这世界的猜测和想象,也遮住了她内心深处骤起的风暴,还有起伏的潮汐。

地铁在城市的地下轰然而来,载着无数小人物卑微的秘密呼啸而去。当然,还有他们各自的命运。

这世上,每个人都要学会认领自己的命运。小改这句话,大约竟是真的。

把命运的烈酒一饮而尽

相比之前的小说,这个短篇有点不大一样。我的意思是,很可能,《篡改》把我的某种叙事腔调悄悄篡改了,而我本人还浑然不觉。

小说写的是 2020 年庚子年的事。屈指一算,庚子年已经是三年前的历史了。时间过得太快,快得叫人常常心生恍惚。尤其是在经历了庚子年之后,在后疫情时代的中年岁月里,更有一种急景流年的紧迫感和惊惶感。是心境使然吧,抑或是打量世界的眼光变了。总之,庚子年仿佛一道纪年意义的分水岭,把时间的河流一分为二。

谁会忘记刻骨铭心的庚子年呢?庚子年,世界发生了太多变化。一些坚固的东西烟消云散了。一些执着的事物终于放下了。一些人走着走着就散了。一些语言已涌到唇边,复又默默咽下。生活总是以令人猝不及防的方式,教导我们,警告我们,你只有在亲口把命运之杯的烈酒一饮而尽之后，才有可能说出人心的秘密。

小说中，老三深陷生活的泥淖，在激烈反抗之后，抑或是在认清生活的真相之后，依然愿意拥抱生活，默默领受属于自己的命运。而"我"，作为老三的同学、朋友和闺蜜，光鲜亮丽的外表之下，是暗影重重、不可深究的精神谜团。不同的人生境遇，不同的命运遭际，在北京这座现代城市里轮番上演，千差万错不及修改，千言万语又不知从何说起。唯有在梦中，我们的爱与怕才如此痛切，如此真实。

当然，现实生活中，我不是燕子，身边也并没有老三这样的朋友。我在平淡的日常的旋涡里随波逐流，感叹光阴虚度而又庆幸时光安稳、岁月无惊。然而，庚子年来了。是的，疫情改变了我的生活。在昏昏欲睡中我被庚子年叫醒。我睁开眼睛，看见了老三，看见了燕子，看见了小只，看见了周医生。我看见很多在命运的汪洋里苦苦挣扎的人，真切地听见他们的呼喊和歌唱，看见他们脸上的微笑、汗水和泪水。我想写下他们。我想写下时代激流冲刷下，他们的内心崎岖。我同他们一样，在尝遍艰辛、流尽泪水之后，依然愿意相信，希望的光亮不灭，美好的事终将发生。

谅解并且热爱这世上的一切

最近,性别意识、女性写作、女性经验、女性主义等话题常常被提起、谈及。也经常被读者问:作为女作家,你觉得优势和难处是什么,你如何看待? 老实说,我一点儿都不觉得,被称为女作家,就是一种冒犯,或者是评判标准的暗中降低,是男性中心话语阴影的遮蔽或者覆盖。我也不认为,女作家就一定没有男作家那么响亮、正大,充满高级感。女作家就是女性作家。在这个上头,好像也不必过于敏感和纠结。

自然了,因为性别差异,到底是男女有别。女性好像是更细腻,更柔软,心思幽微,一腔柔肠,千回百转。两个女人见面的问候,往往是,你这裙子真好看。这是女人之间的礼节,也不必当真。就像一个女人哭诉她先生的种种不是,最好的态度,大约是帮那可怜的先生说话。梁实秋在《论女人》中说,假如女人所捏造的故事都能抽取版税,便很容易致富。王尔德也说过,艺术即是说谎。从这个意义上，女人或许是天生的小说家。打着虚构的幌子，一本正经地说谎话，只不过，兜兜转转，她总有本事自圆其说。一个女子，她在生活中或者圆满，或者缺憾，她内心总不免孤独。心有郁郁，无以遣之，遂一发而为笔墨。她本是自言自语，说给她自己听的。倘若无意中被人家听到了，心有戚戚者，便是知音了。女作家，也不止于女作家，一生迷恋纸上世界，大约无非就是寻觅那个知己吧。

多年来，我一直写故乡"芳村"，写乡土中国。"芳村"一直是我文学创作的精神根据地，长篇《陌上》更是"芳村"这一文学版图的集中呈现。以物理时间计，我的城市生活比乡村生活更长，与我耳鬓厮磨、日夜相对的其实不是"芳村"，而是城市。作为小说家，我迟早要把我置身其中的城市写出来。这部新长篇就是我积累多年之后的一次尝试。

小说以第一人称的叙事视角，书写一个女性的精神成长和命运遭际，从乡村到城市，从芳村到京城，那道射向精神的隐秘的微光，不断照耀，不断闪烁。内心世界的千回百转，情感生活的颠沛流离，心灵的动荡难安，人性的撕裂和挣扎，价值的颠覆和重建，精神的蜕变和新生，所有这一切，都成为深刻的痛楚的烙印，影响并重新塑造着人物的精神面貌和心灵世界。人生困境中的不屈和不甘，对人性尊严的捍卫和珍惜，暗夜中的彷徨歧路，内心力量的生发、积累以及壮大，女主人公在生活的激流中沉浮辗转，在命运的壁垒面前跌跌撞撞,满怀伤痕,最终获得了内心的巨大安宁。这部长篇书写城市,但我的芳村,始终在远离城市的地方默默伫立,暗中相助。一个芳村女子对于城市的想象和期待,在现实的强大碾压之下,如何破碎,如何百般缝合而不得,千疮百孔之后,如何在生活的烈焰中艰难新生。如果把这部长篇视为"我"的自叙传,那么,这部小说大约可以看作一个女性的个人史。个人的、私密的、暧昧、复杂、丰富、幽深,一言难以道尽,有着强烈的女性色彩和个性气质。女性命运,大约从来都同其个人情感境遇有着缠绕不清的关联。从某种意义上,女性的情感深刻影响甚至决定着女性命运的走向。小说以人物情感为脉络,跨越近四十年,书写了一个女性从少年而青年而中年的成长历程,从天真稚嫩到饱经沧桑到纯净如水,从内心动荡到内心安宁,从单纯到复杂再到重归单纯。城乡文化的碰撞交锋,异乡人的新乡愁,强悍的城市生存法则,北京新移民的中国故事。小说以巨大的叙事耐心,仔细勾勒出一代人的精神地形图,写出了社会转型期新的中国经验。小说在现实和回忆之间自由往返,有时间的纵深感和苍茫的命运感。看似日常的叙事背后,有大的时代背景若隐若现,个人命运和时代生活之间的关系缠绕纠结,有一些意味深长的东西在里面。

小说时间跨度长,人物众多,采用第一人称叙事,现实和回忆不断交错、闪回、缠绕,叙述上更自由、更从容。在结构形式上,小说的主体部分之外,还插入了七个短篇小说。插入部分和主体部分不断对话、对峙、反驳或者争辩,构成一种巨大的内在张力,从而有一种多声部的叙事效果。

梦里不知身是客,且把他乡作故乡。这部新长篇里的疼痛、创伤、苍凉、孤寂,最终都获得了抚慰和安放。理解和体恤这世上人心的苦难。谅解并且热爱这世上的一切。这是地母般的辽阔、温厚、包容和悲悯。虽不能至,心向往之。

唯有故乡不可辜负

一向不大好意思写创作谈。总觉得，一部作品出来，就由不得自己了。是好是坏，得读者说了算。

然而这一回是个例外。对于《陌上》，竟然有很多话要说。

随着年纪渐长，对故乡的牵挂越来越多了。是不是，这也是初老症状之一种呢。河北老家那个村庄，那个村庄里的人和事，那里的草木砖瓦、鸡鸣狗吠，都令我在遥远的异乡魂牵梦萦，日夜不得安宁。

我在那个村庄出生，长大。至今那里还生活着我众多的亲人。父亲已经步入了他的暮年。而母亲，已经在村庄的泥土里长眠了十八个春秋。我同那个小村庄血脉相连，永不能割断。我几乎每天都要给我的老父亲打电话。也没有什么事，不过是陪他说说家常。我知道他的一日三餐。我清楚每一户人家的婚丧嫁娶、是非纠葛。甚至，我熟悉那个村庄的每一声咳嗽，每一声叹息。

对于"芳村"的痛和痒,我了然于心。

你相信吗?一度,那个遥远的"芳村",竟然是我日常情绪的晴雨表。谁家发达了,谁家败落了,谁家添了丁,谁家老了人。恩怨、爱恨、情仇、甘苦……我的心起起伏伏,全是因了"芳村"。父亲的愁眉,姐姐的哭泣,乡人们奔忙的身影,所有这一切,在我心中肿胀着、肿胀着,令我寝食难安。

我想写写"芳村"。我想写写"芳村"的那些男人女人。在时代风潮中,乡土中国正在经历着前所未有的剧烈变化。那些乡村人物,站在命运的风口处,随着时势俯仰,进退失据。他们内心所经历的,也是芳村所经历的。我幻想着,写出了芳村,或许就是写出了中国千千万万的村庄,写出了我们当下的乡土中国。至少,从某个侧面,写出乡土中国在时代变迁中的波光云影。大约,透过这个时代的波光云影,或多或少地,可以领略这个时代的山河巨变。

这部小说采用的是散点透视视角。确切地说,这部小说没有主人公。我的责编说,这部小说的主人公,不是任何一个具体的人,而是芳村。他的眼睛真毒啊,一下子就看穿了我的内心。

《陌上》不是那种传统意义上的长篇结构。二十三个相对独立的短篇,上一篇的某个人物一闪而过,可能恰恰是下一篇里的主角。芳村的那些男人女人来来往往,关系彼此勾连,时时有交错,不断有回响。总共有多少人物出现,我并没有认真计算过。

我幻想着,让每一个人都活起来,飞起来,活泼泼的,成长为独特的这一个。这么长时间了,他们其实一直在我心里折腾着,蠢蠢欲动。如今我放他们出来,放他们在人间走一趟,成败荣辱,要看他们自己的缘分和造化了。我奈何不得。

这部长篇写得辛苦。因为,虚构和现实缠绕,有太多的情感牵扯。也因为,要不断地开始。万事开头难。《陌上》的写作令我深刻体验了这句话的分量。这是对叙事难度的一种挑战,也是对耐心、意志以及才华的一种考验。当我写完最后一个字的时候,一直躁动的心终于安定下来了。

唯有故乡和亲人不可辜负。但愿我做到了。

梦里不知身是客

2015 年,《陌上》交稿之后,我开始写《他乡》。

时至今日,我依然清晰地记得,那一个平凡的上午,我坐在电脑前,敲出了小说的第一句话。窗外,长空上闲云乱走,满城秋风萧瑟。出乎意料的顺畅,如有神助。我看着我的手指在键盘上欢快地舞蹈,心中悲喜莫名。

我想,最叫人沉醉的写作状态大约就是这样的吧,流淌,无尽地流淌。仿佛无意间触摸到生活的泉眼,激情裹挟着语言,汩汩滔滔,汹涌而至。有时候,我不得不强迫自己停下来,去干点别的。但更多的时候,我在文字中泅渡。我知道,与其说我在度人,不如说我在度己。

在这部长篇里,我写了一个叫作翟小梨的女人。我想,你或许认识她,不仅仅因为她在《陌上》里曾经出现,惊鸿一瞥,教人追念,更是因为,她或者就在我们身边,可能是你,也可能是我。这个人物,她在我的内心孕育了这么多年,我以为我深知她的一切,我自大地以为,我懂得她,甚于我自己。然而,我错了。我是在漫长的写作过程之中,才真正地走进了她的内心。我眼睁睁看着她,在命运的关隘处进退失据,在生活的长路上苦苦煎熬,艰难地、痛楚地,缓慢蜕变,好像是一只茧,等待着破茧成蝶的那一天。

从芳村到京城,一条路越走越远。翟小梨的个体生命经验,与波澜壮阔的时代生活彼此呼应,相互映照。翟小梨不过是千万个中国人中最平凡的那一个。她的个人经验,不过是庞杂丰富的中国经验中微不足道的一部分。然而,她的身上,却闪烁着时代风雷投下的重重光影,隐藏着一代人共通的精神密码。经由这密码,或许可以触摸到山河巨变中的历史表情,可以识破一个时代的苍茫心事。我得承认,翟小梨的眼睛里,满含着的是我自己的热泪啊。我在这涕泪滂沱里获得涤荡和洗礼,获得心灵的安顿和精神的清洁。

小说的主体部分采用第一人称叙事。老实说,采用第一人称,是有风险的。很有可能,读者会因此混淆了现实与虚构的边界。假作真时真亦假。小说本就是虚构的艺术。作为小说家,我不过是听从了艺术的召唤,遵从了内心的声音。我把我孕育已久的人物们艰难娩出,我亲眼看着,我亲爱的人物们,在生活的泥淖里无法自拔,在情感的悬崖上辗转难安,在命运的歧途上彷徨不定,在精神的烈焰里重获新生。我一面写,一面流泪,心里对他们充满疼惜、谅解、悲悯，以及热爱。

　　小说叫作《他乡》，并不是有意要跟《陌上》呼应。在这部小说里，几乎所有人都是人在"他乡"，翟小梨、幼通、老管、郑大官人……他们远离故乡，流浪他乡，内心深藏着永恒的乡愁、满怀的纠结，以及不灭的梦想。这是不是我们这个时代的一种隐喻？

　　写作是多么迷人的一件事啊。我常常想，作为小说家，我是幸运的。在尘世间跟跄赶路，趔趄有时，顿挫有时，是写作，给了我平衡和修复的机会，是写作纠正我、教导我，教我懂得爱的真义，教我识得人生的真味。

　　迄今为止，《他乡》的写作，是最令人难忘的一次灵魂之旅，可遇而不可求。悲伤而欢欣，苍凉而温暖，孤独而喧哗。万物生长，内心安宁。

谁是翟小梨？

最近一段时间,好像是我一直在喋喋不休地告诉我的读者们:我不是翟小梨。北京、上海、南京,接下来是广州和深圳……在这些城市的读者见面会上,我镇定地回答读者朋友们的疑问,不打算满足他们文学栅栏以外疯狂生长的可爱的好奇心。不是解释,也不是申辩——当然了,谁会相信一个小说家的解释和申辩呢。小说是什么?是道听途说,是飞短流长。某种意义上,小说总是离不开流言,离不开误解,离不开坊间八卦,离不开市井传奇。酒桌上的吹牛,门廊下的闲聊,闺房中的密语,枕边的私房话,甚至有时候,一个人自言自语,被人家无意听见了,添油加醋,敷衍成篇,待传到当事人耳朵里,却早已经离题万里,不知所云了。小说家就是那些自以为识破天下人的心事,并且妄图把这些心事当作闲话告诉世界的人。他们不过是借人家的酒杯,浇自家的块垒罢了,是醉翁之意不在酒的意思。读者若是当真呢,小说家喜忧参半。喜的是他们信了,暗自得意。忧的是他们居然真信了,没有不透风的墙。读者倘若不信呢,又怪天下之大,知己到底难觅。真是左右为难了。

在刚刚举办的第四届北京文学高峰论坛上,我也谈到《他乡》,谈北京这座城市,谈对北京这座城市的文学书写和艺术表达。在我们这个时代,北京是多少中国人的"他乡"呀。翟小梨、幼通、老管、郑大官人……他们都是从外省到北京,怀揣着炙热的梦想,站在巨大的断裂带上,彷徨不定,饱受内心的苦难和煎熬,艰难地完成心灵的蝶变和精神的成长。时代洪流中,有多少人,像翟小梨一样,从乡村到城市,一路辗转,一路跌宕,野心勃勃,或者雄心勃勃,用坚韧和勤奋、意志与才华,在机遇中不断抉择,在挑战中不断磨砺,过五关斩六将,冲破重重壁垒,杀出一条生路,最终在"他乡"有了立锥之地,成为传说中的新北京人,并且,最终成为故乡的客人,成为令自己都感到陌生,甚至不敢轻易相认的人。从故乡到他乡,一条路越走越远。翟小梨们走过的所有道路,包括歧途、坎坷、曲折、顿挫、颠沛流离、千难万险,大约也是我们曾经亲身经历的。漫漫长路上,翟小梨投在地上的影子,和我们的影子重叠、交错,纠结缠绕不可分割。她的呼喊里有我们的回声,她的泪水含在我们的眼睛里,她的创口就长在我们心尖上,伤筋动骨,一牵一扯,都是我们自己的疼痛呀。写《他乡》的时候,我甚至一度误以为,翟小梨就是我,我就是翟小梨。我真切地听到了她发自心底的深长叹息。

身在他乡的翟小梨们,在城市里不断突进不断成长的时候,不断自我肯定的同时,也在不断自我怀疑自我反省自我审视自我质询。正如一首诗所写的:丢失什么,我们便捡到什么。获得什么,我们便失去什么。这几乎是一个悖论,也大约是翟小梨们的一个精神难题。成长,究竟意味着什么? 什么样的人生值得一过? 在翟小梨们的不断自我逼视之下,夜阑人静的某个时刻,蓦然回首来时路,你是不是也会像我一样,热辣辣惊出一身冷汗呢?

那首脍炙人口的歌里唱道:你在他乡还好吗? 这一声问候本身,就饱含着很深的意味在里面。这大约只是一个不必回答的问候吧。人在他乡,怎么会"好"呢。他乡,意味着漂泊,意味着未知,意味着一生的历险,意味着巨大的不确定性。人在他乡,内心动荡。老实说,我是不大肯相信"此心安处是吾乡"这样的自我劝慰的。我曾经在《陌上》里写道:回不去的,才是故乡。翟小梨们的痛处是,故乡永远回不去了。而他乡,也不过是"梦里不知身是客",只有"且把他乡作故乡"了。翟小梨们带着一生的内心冲突,带着满怀的自我诘问,眼含热泪,诚实地凝视人性的深渊,把莲花之下的污泥,把华袍内里的虱子,把人生的不堪之处,把命运的狰狞侧脸,恳切地指给我们看。她羞愧难当,而又坦荡磊落。她对这世界又爱又恨,但终究满怀热情和感激,努力地、认真地生活。大约,在这世上,没有一条路会白白走过。对于翟小梨,每一

115

条路都是必经之路。

有时候，我们不得不承认，泪水是多么珍贵的东西呀。翟小梨流泪了。泪水清洁她冲刷她涤荡她洗礼她。她在《他乡》里重获新生。

作为小说家，我被这飞溅的热泪深深震动，情不自禁，写了《他乡》。你们不停地追问，我只好不停地解释。尽管，小说家言，未必可信。然而，有时候，我也不免恍惚了。

究竟谁是翟小梨？

我不是翟小梨

　　陈老师的电话打过来的时候,我正在中央党校大礼堂里上课。我坐在后排,悄悄出来接电话。正是三月,京城春寒袭人。我没穿外套,衣衫单薄,立在礼堂的廊檐下,听陈老师在电话那边说话。

　　是关于我的长篇《他乡》。陈老师说,他喝了酒。是的,听出来了。平日里,作为一本很牛的大刊主编,一个眼光毒辣的著名编辑家,他几乎很少谈文学。陈老师谈文学,都是在酒后。大约总有七八分醉的时候吧,陈老师会拉住人谈文学,谈文学史,谈我的小说,谈小说叙事,谈叙事的河流,谈河流底部的暗流汹涌……我惊讶地发现,他的口才好极了,而且,他的话仿佛魔咒一般,带着一种迷人的神性的力量。我真想给他录下来,几乎不用修改,就是一篇精彩的文章。他在电话里说,我想跟你谈谈你的小说,谈谈《他乡》。他说,我看了,很震撼。他好像是用了震撼这个词。

117

他说,《他乡》跟《陌上》不一样,完全不一样。你把你自己整个打碎了,放进《他乡》里,然后重新慢慢站起来。《他乡》跟你血肉相连。《他乡》是你生命经验中最痛切最隐秘的那一部分,伤筋动骨,一牵一扯都是痛。他说,《他乡》应该是你迄今为止最重要的一次书写。感谢你把它给了《十月》。他明显迟疑了一下,然后说,只是,作为朋友、兄长,我有点担心,《他乡》,会不会让读者对号入座? 会不会给你带来——不必要的——麻烦?

起风了,淡淡的春日的阳光照着校园。天上有大块的云彩,翻卷着,涌动着。大地沉默不语,有谁能够听见来自她最深处的战栗和悸动? 是了。《他乡》的确是我最重要的一次创作,至少,迄今为止是。《他乡》是我的孩子。仿佛一个母亲,孕育最艰难最痛楚的那一个,往往是最偏爱的那一个。陈老师眼睛真毒呀,他一下子就看出来,我与《他乡》血肉相连。作为朋友,作为兄长,他的担心,正是他对我的爱护。我说,这是小说呀,小说是虚构。他沉默了一会儿,说,太真实了。像真的一样。主人公偏偏还要她姓付。你呀,还真有一种燕赵大地的豪侠之气。我纵声笑起来。不远处,带班老师立在礼堂门口,一脸凝重地望着我。我赶紧道别,挂了电话。

我怎么就从来没有担心过这个事呢? 这是真的。从开始到现在,整个写作过程中,我几乎都沉浸在创作的激情和冲动中,悲喜交集。我用了三年时间,回顾翟小梨的前半生——我还是改了女主人公的姓名,翟小梨。在这一点上,我听从了陈老师的建议——我干吗非要往自己身上扯呢?

《他乡》里,翟小梨从芳村到 S 市再到京城,一路跌跌撞撞,摔了很多跟头,吃了很多苦头,鼻青脸肿,遍体鳞伤。被芳村逻辑养育长大的翟小梨,在强大的城市逻辑中进退失据,彷徨歧路。她遭受的内心冲突和灵魂战争,不仅仅属于翟小梨个人,更属于她所处的这个急剧变化的时代。翟小梨的个体经验,是我们这个时代的独特而隐秘的中国经验。

在《他乡》里,幼通是一个典型人物。在大学校园的恋爱时代,他是翟小梨心目中的理想男性。而当他们走出学校这座象牙塔,真正触及生活激流的冲击之后,幼通之前所有的长处都成了短处。从庸俗社会学意义上说,幼通是这个时代的落伍者,他的整个精神气质,同这个时代格格不入。他的不思进取和翟小梨的积极上进,成为一对饶有意味的矛盾,也是一种鲜明有力的对照。而老管在事业上的攻城略地,不惜一切的奋勇姿态,正好暗合了翟小梨对男性的想象和期待,弥补了多年累积的对幼通的失望和遗憾。后来——当然,是故事就一定有后来。后来,当翟小梨终于看清了老管,看清了她和老管的关系,也看清了自己真实的内心,她决绝地选择了掉头而去。我并不认为,翟小梨最后回到幼通身边,是出于对外面世界的绝望和无奈——她或许从来不曾爱过老管。老管,不过是她对爱情的一种想象,或者幻觉。与其说

119

她爱上的是老管这个人,毋宁说她爱上的是她对爱情的想象和幻觉。当翟小梨几乎功成名就的时候,当新的更大的可能性在她面前徐徐展开的时候,她选择离开老管,重新回到幼通身边,这是颇值得玩味的一笔。绕了一大圈,走过这么长的路,我们的翟小梨又回来了,回到她曾经心心念念执意逃离的生活,回到她曾经又痛又悔又恨又怕的从前。也有读者不解,替翟小梨不平,或者不甘。大约,这正是生活的强悍逻辑吧。也有读者问我为什么。我不知道该怎么回答。我很记得,小说里的翟小梨是这么解释的:生活在向我使眼色。我不能视而不见。

那么,问题来了。翟小梨爱幼通吗?在小说的插入部分,有一个短篇,题目叫作《彼此》,是关于翟小梨和幼通之间关系的书写。幼通和老管仿佛一面镜子,翟小梨在其中清晰地照见了自身。幼通身上的淡泊自守、清高脱俗,正是她最初持守和欣赏的。而老管身上的功利实用、精明算计,也正是她在一路进取中日益熟稔沾染的。对幼通,她甚至是嫉妒的。她嫉妒他身上依然有着她逐渐丢失的。而她憎恶鄙夷老管的,恰恰正是她自己在高歌猛进中浸染日深的。在《他乡》里,她扪心自问:老管固然如此,然而,我是不是老管的同路人呢?这是深刻而锐利的反省,也是痛彻心扉的自我拷问。小梨在逼迫自己,她把自己逼到墙角里,让自己无路可退。很有可能,正是她这种冷峻甚至残酷的自我逼视,成就和塑造了这样一个翟小梨。

《他乡》最后一章,是一个插入的短篇,《亲爱的某》,是致陌生人的一封情书。新书首发式上,李敬泽老师首先就谈到这封信。他说,《他乡》有着强大的抒情力量,这种内在性的、诗性的、反省品格的叙事语调,具有巨大的魅惑性。我一直震惊并且困惑于这力量的来源,直到读到最后这一章,这一封致"亲爱的某"的书信,才恍然,抒情对象以及叙事动力,原来就在这里,亲爱的某,一个抽象的、虚无的、精神性的存在。这封信,类似于告解,翟小梨的告解,仿佛向神父告解。很有力量。

　　敬泽老师真是犀利啊。他若是不说,我都不知道自己当时那种可怕的激情是怎么一回事。那种汹涌和呼啸,那种不顾一切的流淌和奔腾,裹挟我劫持我冲刷我。痛快醋畅。敬泽老师用了一个词,告解。他真是一针见血。老实说,我是眼含热泪写完这封情书。热烈的,痴狂的,执拗的,柔肠百转,一往情深。从肉体到精神,从前世到今生,是独白,也是絮语;是呼唤,也是邀约。翟小梨诉尽平生心事,那些不堪回首的往事,灰尘或者珍珠,丝绸上的虫洞,清水里的泥沙;那些罪与罚,爱与痛,惧与怕……面对着亲爱的某,抽象而又具体,陌生而又熟悉,虚无而又真实,鲜活饱满而又缥缈遥远不可触摸的,亲爱的某,这是怎样一种哀伤和痛楚、绝望和希望呢。

　　正如陈老师所担心或者预料的,总有人踌躇再三,终于小心翼翼问道:翟小梨是你吧?

对于这样的问题,我只有笑笑。我该怎么回答我亲爱的读者们呢?作为一个小说家,我想我只能悄悄告诉你:

我就是翟小梨。

不。

我不是翟小梨。

秋已尽,日犹长

在北京的大街上走着,很有可能,一不留神,就同遇钧这样的男人迎面碰上了。也可能在地铁上,拥挤的人群中,有一个男人正好在你身旁,眉头微蹙,神情落寞,跟周遭热腾腾的世俗生活不大相投。也或者,某个咖啡馆里,瞥见他在一个安静的角落里坐着,端正清雅,有一点颓废,却不过分,是刚刚好。对面是一个女子,也不知道聊到了什么,就笑起来。是那种读书人的气质,多年城市生活的淘洗,早已经把乡村的泥巴味道冲刷殆尽了,举手投足,是见过世面的做派。从乡下到城里,一路走过来,纵是一个钢筋铁骨的人儿,也都被揉搓得失去形状了吧。生活里,有多少这样的遇钧呢。我们的同学,我们的同事,我们的邻居,我们的朋友,甚至,就是我们自己。

遇钧这样的人,有着太重的负累,物质的、精神的、情感的、心灵的。他们不得不负重前行。他们不得不认领自己的命运。尽管他们也常常起了抵抗之心。然而,这世上,人人都被时势和命运劫持,谁敢说半个不字呢?

小说里,遇钧遭遇的,也不仅仅是中年危机。无论如何,世俗意义上,遇钧算是小有成就者。物质上还算宽裕,工作稳定,家庭也完满。精神上呢,却不好说。这正是小说可以纵横笔力的地方。

《秋已尽》着力于人物的精神世界。遇钧内心深处那些琐碎的波澜、微妙的涟漪、起伏的潮汐,那些飓风、暴雨,怎样在他的内心慢慢积累,风起云涌。小说家好奇的,永远是人物内心的这些风吹草动。风如何吹过,草木如何在风中发出萧瑟之声。

这篇《秋已尽》,写了很多繁华热闹的场面,酒局也好,欢爱也罢,名利场上的争逐,情海里的跌宕,鲜花着锦,烈火烹油,都不过是世人的浮华一梦。小说的底子,其实是通向虚空的。就像文若卿在梦里对遇钧说的,"你也不必喊冤。冤不冤枉,你心里过得去就好了。只要你不觉得冤枉,那就是不冤枉。哪怕你心里有一点委屈,就是委屈了。遇钧兄,我只有一句话,生年不满百。都是一眨眼的事。别太委屈了自己"。遇钧内心深处的百般辗转,其实不过是觉得委屈,觉得不值,觉得跟世事时势格格不入,相互抵牾。他跟吴双的身体交易,跟多芬的暧昧纠缠,跟妻子容丹丹的一言难尽的婚姻,跟老家人那种又爱又痛的复杂纠结的亲情,都是人生的破败和不堪处。在生活的强大逻辑面前,遇钧只能顺从、迎合。然而，遇钧到底是读书人，他终不能跟旁人一样，在生活的巨大惯性中变得麻木、迟钝、不辨东西。他敏感自尊的内心，即便明镜蒙尘，依然能够照出人性中那些细微的灰尘，势利、卑琐、算计、背叛，深深的伤害，淡淡的无耻。很多时候，他是清醒的。而这恰恰是他痛苦的根源。

在叙事上，我其实是习惯了女性视角的。但有时候，我更愿意为难一下自己。用男性的眼光，去揣测人物的内心，试着写出他们的心事。我喜欢这种冒险。

大约将近一千年前的某个深秋时分，李清照酒后醒来，写了一阕词叫作《鹧鸪天》。残酒对秋阳，有思绪万千。想说，又不知从何说起。只有叹一声，秋已尽，日犹长……

如果小说是一棵树

　　一直以为,小说应该有它自身的品质,丰沛、迷离、湿润、缠绕,令人无法一言道尽。如果说,小说是一棵树,那么,它必定是枝叶纷披、繁茂深秀、花苞芬芳、果实肥硕,微风过处,绿肥红瘦隐现。也有鸟鸣,让人不禁循声去找枝叶掩映下某处神秘的巢。

　　《世事》这篇小说,它到底要表达什么? 曾有人这样问我。一时竟无从说起。苏教授和戴芬,这一对夫妇,大学教授,典型的知识分子,身居京城,过着衣食无忧的中产生活。他们的婚姻,他们的感情,他们的生活,正仿佛一个苹果,外表看似光滑美好,其实,内里已经千疮百孔了。保姆小刁是外来者。苏家夫妇,在她,无疑是城市文明的某种象征。这个来自乡村的女孩子,站在城市的边缘,在堂皇的世界之外,悄悄打量、观察、揣测、想象,陌生而新鲜。当然,这种姿态是相互的。苏家夫妇和保姆小刁,他们每个人都在各自的世界里徘徊、流浪、冒险,一步三叹。我试图通过小说,发现其中隐秘的褶皱、曲折的迂回、幽暗的不为人知的人性的角落,这些,沉潜在生活河流的底部,潮汐过后,留下一地零乱的碎片,真实而触目,让人惊诧不已。

这篇小说采用了不同的叙述视角,让人物各自的内心敞开,相互参照,相互印证,相互补充,甚至,相互辩驳和否定。三个人,内心的种种挣扎、较量、妥协以及颠沛流离,彼此缠绕,逐一呈现。在此期间,小说之树发芽、抽叶、开花、结果,慢慢生长成它应该成为的样子。对于写作者来说,这是一个令人愉悦的过程。

有一些朋友说,小说的标题过于平了。关于标题,一直想改,却最终不了了之了。《世事》,这名字或许有些偷懒了。然而,也总有一些难言的感慨藏在背后,欲说还休。欲说还休,却道天凉好个秋。千载而下,面对世事沧桑,大约都应似如此心绪吧。

在时代的风潮里，在命运的激流里

　　创作谈被人诟病，是近两年的事了。其至有批评说，作家的创作谈远远好于他们的作品。这话其实很严厉了。创作谈是什么呢？无非是谈创作，谈个人的创作，谈具体作品的创作。谈的居然比做的要好，这叫人情何以堪？

　　因此，当《小说月报》福伟主编嘱我写一篇《他们》创作谈的时候，心情是矛盾的。又是喜悦，又是不安。喜悦是因为，小说被转载，会遇到更多读者。并且，小说家躲在虚构的故事背后，有时候会按捺不住，要跳出来告诉读者，他的苦处和难处，他的得意处或者失手处，希望获得读者更多的理解以及赞美——小说家要命的虚荣心呀。然而又是不安的。担心会自说自话，担心扰乱视听，总是言不及义，一出口就是谬误。也因此觉得，创作谈比小说要难写得多。

　　《他们》其实是写人在"他乡"的"他们"。这么多年了，在北京,我身边有很多这样的"他"和"她",这样的"他们"。拥挤的地铁上,喧闹的十字路口,街边的小饭馆里,写字楼的格子间,你随时都有可能跟他们迎面相遇。我和他们素不相识,却又觉得如亲人一般熟悉亲切。这些熟悉的陌生人,他们的神情、举止、服饰,他们的皱纹和笑容,甚至他们的眼泪和叹息,都与我有关,与这座城市有关,与这个时代的风起云涌有关。他们穿着带着我体温的鞋子,奔跑在北京的大街小巷。他们隐匿在这个城市的各个角落,隐匿在时代风潮的滔天巨浪中,仿佛一滴水落在河流里,悄无声息而又惊心动魄,是无声的喧哗。

可能你照例会问,《他们》是不是有原型? 就像很多人询问《他乡》的原型一样。我该怎样回答我的读者们呢? 我是不是应该满足你们那可爱的好奇心?《他们》中,"他们"甚至没有名字。我不知道,这是不是另外一种隐喻。小说家肯定是这样一种人,有一肚子话要跟这个世界诉说,又不肯直抒胸臆,只好虚构一个艺术世界,顾左右而言他,吞吞吐吐、闪烁其词,最终往往依然是言不及义。往往是,未说的部分比说出的还要多,沉默的时刻比讲述的时刻更令人黯然神伤、动容动心。

《他们》里的那一对夫妇,在城市里遭遇了很多。物质的重压,精神的动荡,情感的颠沛流离,灵魂的炙烤和熬煎……在命运的激流里,他们差一点就被冲散了——这世上,有多少人走着走着就散了,在茫茫人海中,再也找不到了。然而,经历种种人生风雨之后,他们那双饱受生活碾磨的手又最终握在了一起。这是生活的强大逻辑吧,或者,这是他们又爱又恨的北京的恩赐。

老实说,我不想阐释自己的小说。在自己的小说面前,小说家应该是沉默的。他缄口不言,只让他笔下的人物代他开口。自然了,这是个热闹的时代,作家们被迫从文字背后走出来,走到前台,走到聚光灯下,面对一个一个真实的读者,应对他们的热心和冷嘲、质疑和追问,以及不屑,以及失望。虚幻的光环背后,是狼狈和难堪。这真是令人不安的一件事。

大约,是为了自卫吧,或者是舞台感造成的错觉,总之,这个时候,不似写作的日常,毋宁说,是另一种虚构——变形或者遮蔽,修饰甚至伪装。打着创作谈的幌子,再写一篇小说。因此有人说,小说家言,究竟不可信。

然而,我想说的是,我写下《他们》,是诚恳的。我爱"他们",为"他们"牵肠挂肚,为"他们"痛苦煎熬,为"他们"流下过滚烫的泪水。

这是真的。

他们就是我们

《他乡》完稿之后，整个人又兴奋，又疲惫。就是那种长跑到达终点后的感觉，惯性让人停不下来。于是，趁着手热，趁着尚有余勇，我写了《他们》。

这其实是一个朋友闲聊时无意中讲的故事，是道听途说。可是，小说不就是这样吗？那些欲言又止，那些闪烁其词，那些大段大段的沉默，那些言外之意弦外之音，虽说不过是三言两语，不过是人们茶余饭后闲谈之际一个细小的支流，是旁逸斜出的无意，是节外生枝的无聊——日光之下，又有多少新事呢。然而，在那一个晚秋的黄昏，忽然就唤起了我诉说的冲动。我是说，我想探究他们。那些藏匿在飞短流长之后的人生，他们隐秘的内心、未知的命运，他们生活中那些陡峭的转折，他们深夜里汹涌而下的泪水。时代风潮中，他们的俯仰沉浮，他们的勇猛奔跑，他们那些微末的心事、平凡的愿望、琐碎的日常、浩渺的梦想、心有不甘因而努力生长,反抗绝望而最终与生活握手言和。

《他们》写了一对平凡夫妇,从故乡来到他乡,遭遇的人生困顿和心灵疑难。在北京,有多少这样的夫妇呀。柴米油盐、生儿育女,他们在世俗烟火中渐渐湮没,时代的征尘纷飞起落,历史的长河里,他们不过是仓促的一瞬,是沧海一粟。从某种意义上,他们是微不足道的。在历史的轰鸣中,他们的呼喊是那么微弱,几至于无声。在时代的强光之下,他们是映照在幕布上的漫漶不清的影子,无数重重叠叠影子中的一个。大历史是确定的。而每一个个体的小历史,是如此的跌宕多变,充满了未知和不确定性。而正是这些新变,隐藏了我们波澜壮阔的时代生活的精神秘密。

小说中,男主人公叫作"他",女主人公叫作"她"。"他"和"她"甚至没有名字。我把"他"和"她"称为"他们"。请原谅,这不是我的偷懒。这世上,有多少无名的人在生活的角落里默默努力着,有多少无名的时光,在时间的长河中滔滔流逝,一去不返呀。小说家就是为那些无名的小人物命名,为那些无名的岁月尝试诚恳挽留,为那些无名的小历史,为那些小历史中浩瀚的精神世界赋予新的力量、新的色彩。在《他们》里,我想代那些默默无闻的"他们"发出声响,我想让"他们"以自己的语调,对这纷繁复杂的世界诉说,诉说"他们"不足为外人道的心事。

深秋的黄昏,总是令人生出颇多感慨。时至今日,我总是想起那一天,我坐在北京深秋的黄昏里,守着一屋子的寂静,在虚构的世界里,写下"他们"动荡不安的人生。那些喧哗热闹,那些泪水和叹息,那些内心的战栗和震动,令我如此沉迷,如此激越,又黯然神伤。而窗外,暮色苍茫,秋意已深。

鲁迅先生说,无穷的远方,无数的人们,都与我有关。"他们"与我们切身相关。"他们"其实就是我们。是的。就是我们自己。

唯有归来是

依然是芳村的故事。

有什么办法呢？芳村，不单是华北大平原上那一个小小的村庄，她还是我在这个世界上最后的家园。相思难表，梦魂无据，唯有归来是。当我在万丈红尘中百般辗转、遍体鳞伤的时候，我只有回来，回到芳村，去寻找那逝去的永不再回的好光阴。

你相信吗？在芳村，在乡下，有千万个如穗子娘一般的女人，她们的故事，在历史的激流中，或许微不足道，可是，莫名其妙地，我总是会在某一个失神的瞬间，情不自禁地想起她们。她们在时间中渐渐老去的红颜，她们的泪水、呼喊，她们的隐秘的心事、不为人知的疼痛和战栗。仔细想来，我的童年，正逢她们的全盛时期。我站在遥远的童年时代，亲眼见证过她们生命的绽放，她们的青春和风华。我曾经以一个孩子懵懂的眼睛，从旁看着，看着她们如何在滔滔的时光里沉浮、挣扎，最终难逃被湮没的命运。

直到现在,我依然记得,多年前的那个初夏,我混在一群孩子中间,手持兵器,在两军对峙的疆场上驰骋。暮色降临,乡村温柔。耳边是母亲的呼唤。而前面,是缓慢悠长的光阴,一眼无法看穿。那时的我尚不明了,要等到多年以后,我才会再一次重新回到芳村,回到那个乡村的黄昏,把世事一点一点洞穿,看清命运的力量,看清时间如何把世事颠倒,而人,在时间中又是如何的身不由己。

从某种意义上,穗子娘是我童年时代的偶像,抑或是我青春时代的理想。然而,我并不懂得她。即便如今,枉费半生窗下,却始终无法明了,这个乡村女人繁华而荒凉的内心。在这篇小说里,我试图轻轻靠近她,像儿时那样,我渴望着奇迹的发生。渴望着她会在我不注意的时候,转过身来,把我拥在怀里。我渴望看见她美丽的笑容,抑或,哪怕是满脸的泪水。我只是想看见她的某一部分真实。

为什么叫作"蜜三刀"呢?这真是一个难以回答的问题。你一定知道,蜜三刀是一种点心,据说是京城的名吃,不知道是否有可考的证据。然而,我对蜜三刀的痴迷,最早可追溯到大学时代。那一种美好的滋味,现在想来,竟或许是年华的滋味,蜜色的、芬芳的,夹杂着某种莫可名状的涩与苦。又仿佛,是一个女子,回眸一笑间竟恍惚有盈盈的泪光。蜜三刀,无端地爱这个名字。总觉得,其中有一些东西颇堪玩味,让我着迷——这当然是没有理由的。有一回,同几个朋友小聚,不知道谁提起来,竟有了这篇命题之作。我真的愿意让你从中尝到某种滋味,至少,让你也爱上这个名字——这恐怕又是一种奢望吧。

"芳村"是一条奔腾不息的河

《野望》写的还是芳村。十几年来,我一直在书写芳村,书写那个华北平原上的小村庄。我不想说,我不断地诉说和抒发是出于对故乡的热爱和眷恋,出于对那片土地以及那片土地上的人们源自根脉的朴素的深情。我想说的是,这么多年了,我其实是渴望通过以文学的方式,发现和重建故乡与世界、历史与现实、个体命运与时代生活之间的关系。我渴望通过对一个村庄的书写,记录当代中国沧桑巨变的深刻履痕,为一个时代珍藏鲜活而真实的国家记忆。

从某种意义上,《陌上》是《野望》的前史。《野望》中的人物以及人物关系,同《陌上》一脉相承。我得承认,写完《陌上》以后,我意犹未尽。那些活泼泼的人物,一直在我的内心深处。他们喧闹着、呼喊着,哭着、笑着,几乎要纷纷跳到我的笔端。我喊了翠台来,做《野望》的女主角。为什么是翠台呢?有媒体朋友问。是啊，为什么是翠台呢？在芳村众多女子中，翠台可能不是最耀眼的那一个，可是，因为她是翠台呀。翠台身上，有着深厚的传统的底子，朴素如泥土，厚实如大地，土生土长，如同田野里的庄稼，时节如流，岁岁荣枯。围绕着翠台，是一个村庄的千丝万缕，一个时代的光影跳跃，一个国家的山河浩荡。

　　每一次回乡，走在乡间小路上，大庄稼地森森然绿浪翻滚，田野散发出浓郁而热烈的气息，村庄安静而喧哗，大地沉默而沸腾。而岁月绵长，日常的河流生生不息。我常常震动于这伟大而平凡的日常生活，震动于乡村生活广袤无边的河床上，那淤积沉淀下来的深沉厚重的传统的底子。在剧烈变动的历史进程中，我关心着中国乡村的"常"，我想写出"常"与"变"之间的内在关联，或者，只有把这新变置于恒常之中，才能更加凸显出这"变"中蕴藏的巨大能量。在《野望》里，我用二十四节气结构全篇。当然，这也许并不新鲜。二十四节气谁不知道呢？哪一个中国人，不活在二十四节气的循环往复中，并且在这循环往复中更替代谢、生老病死呢？千载而下，二十四节气不知经历了多少轮回，历史的长河滔滔向前。时间周而复始，而万象更新。巨大的恒常与伟大的新变，它们互为表里，彼此映照，在一个村庄的鸡鸣犬吠中，在一个时代的日月星辰之下，发出意味深长而又一言难尽的喟叹。我不得不承认，我在这意味深长的喟叹中百感交集，辗转难安。我常常在村庄里随性乱走，像一个热切寻找谜底的孩子。

是的。在《野望》里，我照例没有讲故事的野心。我不是不信任故事。我只是固执地认为，对于一个村庄而言，故事还是显得狭隘了。一个村庄会缺少故事吗？或许，一个村庄最不缺少的，就是故事。那些飞短流长，那些街谈巷议，带着乡土民间特有的传奇色彩。我不想写那些到处流传的村野奇谈，我想写出平凡的、朴素的、流水一般的日常，杂花生树，草长莺飞，混沌的、缠绕的，湿漉漉，毛茸茸，烟云浸染，饱含着生活的汁液。这么说吧，我是想写出一个村庄的众声喧哗，像一条奔腾不息的河流，日夜流淌，不时发出激越的动人的轰鸣。

细心的读者会发现，在《野望》里，我不断地写到芳村的大喇叭。怎么说呢，大喇叭是乡村生活的一部分，在一个村庄，这样的喇叭必不可少，它担负着多种功能：广播消息，宣传政策，娱乐群众，发号施令。在《野望》中，大喇叭里不断传出自己的声音，有时候是国家政策，关于乡村振兴，关于生态环保，关于美丽乡村建设。有时候是民间信息，卖桃子的来了，卖韭菜的走了，哪里有招工的，谁家丢了一只猫。有时候放一出戏，河北梆子、《打金枝》、《空城计》、《龙凤呈祥》。这些声音通过大喇叭，传遍村庄、田野、河套、果园，同乡村的风声雨声混杂在一起，同村里的鸡鸣狗吠、闲言碎语交织在一起，与邻村的大喇叭一唱一和，遥相呼应。国家话语与民间话语，宏大与琐细，抽象与具体，历史与当下，传统与现代，彼此缠绕彼此激发，有一种丰富复杂的意味在里面。我是在后来才发现，大喇叭这样一个无意的装置，其实是一种隐喻。通过大喇叭，自然而然地呈现出中国乡村在时代激流中新的表情、新的气质、新的风貌。大喇叭在村委会，然而它又无处不在。大喇叭发出的声音，在村庄里不断回响、不断激荡，这是一种富有意味的形式。它大约只属于中国乡村。或者说，只有中国乡村，才能为这种形式赋予丰饶而广袤的想象空间。

《野望》是朴素的，也是诚恳的。写《野望》，我几乎是信笔直书。我仿佛回到我的故乡，回到那个村庄，每一句话，每一个眼神，每一次心跳，都有温暖的绵长的回应。这真好。

也许有人说，一个村庄有什么可写的呢，你打算什么时候写写芳村以外更大的世界？对于这个问题，我不知道该如何回答。我不想说，或许我写出了一个村庄，我也就写出了中国。这太狂妄了。人到中年，我渐渐学会了谦虚——你叫作谨慎也好。当然，我也渐渐学会了沉默。作为一个小说家，我是在人生走到中途的时候，懂得了生活的矜持，也懂得了生活的包容。我在现实生活中沉默不语。我只在虚构世界里喧哗。

辑四　小说家们

小说是生活之杯的溢出

　　小说当然是"小"的。小说就是道听途说、飞短流长嘛。两个女人在廊下说闲话，东家长西家短，议论是非，臧否人物。这闲话不闲，有世道人心在里头。有人物，有故事，有细节，有笑或者泪，有大声呼喊和无声叹息。倘若这闲话被路过的人不小心听到了，情不自禁叫一声好，这便是知己了。假如这人再添枝加叶，敷衍成篇，转述给旁人，就是一篇小说。我有个偏见，写小说这件事，女人好像是更占了先机。是谁说的，说谎——也就是虚构，是女人的天性。闺阁里、廊檐下、咖啡馆、后花园，两个女人嘈嘈切切，说一些女人间的体己话，自己的日常，旁人的传奇，都饱含着新鲜的生活的汁液，深处蕴藏着真实的人间悲欢。这两个女人说话的姿态是放松的、自由的，甚至是惬意的。她们闲闲的，或坐或立，或喜或嗔，有点漫不经心，又有点无事生非——小说可不就是无事生非吗？对于小说家，无事生非是本事，是才华，是小说家之所

143

以为小说家的职业伦理。小说家总能够在庸常的生活中发现意外。那意外,是生活的杯子溢出的部分,滋味复杂,不足为外人道。

汪曾祺先生说,小说,就是小声说话。这不仅是小说的话语风度,也是小说的本质所在。小说是没有帝王之心的。说到底,小说就是个俗物。那些热气腾腾的人间烟火,贩夫走卒的市井喧闹,剪不断理还乱的世间的恩怨情仇爱恨纠葛——有了这些,才有了小说,有了小说的血肉,有了小说的灵魂。

文学是什么?文学是人学。写来写去,小说不过是写人,写人的内心,写人的内心的浩瀚无边和风起云涌,写人的内心世界的山重水复和柳暗花明。我以为,小说,特别是短篇小说,是最有平常心的。就像两个女人立在廊下街头说话,她们是自然的、朴素的,没有功利心,没有得天下的雄心壮志,而她们不知道,正是这一点成全了她们,我是说,成全了小说。这种家长里短,看似最平常不过,其实人生要义都在里面了。从这个意义上,小说家是最平常的一种人,他们消失在人群里,就像水滴消失在水中。那些动辄端起架势,拉开场子,企图登高位得天下的梦想,往往会遭遇失望。那些想在小说里施展哲学家思想家这家那家唯独没有小说家的抱负的人,往往会以失败告终。至于读者,他们想要的或许并没有你想象的那么多。一个短篇,一个生活的切片,读完不过是一杯茶一支烟的工夫。掩卷之余,悠然心会,妙处难与君说。或者,失神良久,默默一声叹息。在小说里,他们得到片刻的人生的安慰。之后,继续去赶那漫漫的人生长路。

小说家的隐秘时刻

每一次回故乡,总有朋友说,回芳村呀——陌上!

当然了,故乡的村庄并不真的就叫作"芳村"。而"陌上",无疑是他们借用我的小说,以一种调侃的方式,向我表达温暖美好的情谊。

然而,在我虚构的那个叫作芳村的中国北方村庄里,又实实在在有那么多真实的生命真实地生活着。譬如说,《九菊》里的九菊,《六月半》中的俊省,《翠缺》中的翠缺,《旧院》《笑忘书》中那些人物,姥姥、父亲、母亲、我舅、姨们……《陌上》里,翠台、素台、香罗、喜针、小鸾、望日莲、春米、瓶子媳妇、建信、大全、增志、团聚、耀宗、乱耕……他们都是我故乡的亲人、邻居、本家、乡亲,甚至,他们在小说中的名字就是他们本来的名字,正如他们在我虚构中的生活也恰恰来自他们现实中的生活。我怀着惴惴不安的心情写下他们,让他们在我的笔下,在我的小说中,在虚构的芳村大地上,跟跟跄跄走着他们的人生之路,洒下他们的汗水和泪水,留下他们的呼喊和笑声。这些亲爱的故乡旧人,恐怕再想不到,多年以后,他们会在我的小说里重获新生,以白纸黑字的方式,给这世界留下曾经来过的证据。

《锦绣年代》中的表哥,他是我现实生活中的表哥。作为第一个从乡村走向城市的人,他是家族中最耀眼的人物。我们对于城市的所有想象,几乎都来自表哥。在小说里,我写到了他的人生结局,悲剧性的结局。那时候,他正处于一个男人最好的年华,春风万里,如日中天。我怎么就鬼使神差地把我的人物推到那种境地了呢? 然而,多年以后,当我得知我的虚构竟然与现实发生惊人巧合的时候,我不禁为我当年的虚构感到不安,甚至深深负疚。或许,小说家在现实中是迟钝愚鲁的,然而在虚构的艺术世界中,他可能会变得敏感而犀利。划破生活的迷雾,小说家的笔往往会无意间碰触到命运的真相。生活的逻辑看似混乱,却无比清晰,无常而又有常。就像小孩子捉迷藏,懵懂中忽然发现了惊人的秘密。小说家就是那个面对真相目瞪口呆的孩子,想捂住眼睛装看不见,想捂住冲口而出的那声强烈的感叹。直到现在,我都对我的表哥怀着莫名的内疚。我常常想,假如我没有写那篇小说呢? 假如我给我的人物设置的是另外一种结局呢? 是不是,现实中我亲爱的表哥会避开命运严厉的逼视?

老实说,最初,我是不敢给故乡人看《陌上》的。近乡情怯。我

147

确实有点担忧,一则是怕写不好——那可是他们的生活啊。二则是担心他们对号入座。然而,这是什么时代?网络传播如此迅速、如此广泛,当《陌上》在我的故乡到处流传的时候,我是亦喜亦忧。很多乡人留言,你写的就是谁谁谁啊。有一个发小抗议说,下回可要给我安排个好角色呀。我写别人的故事,借用了他的名字。有人问,你在北京,怎么对村里的事这么清楚?有县里的人特意跑到村子里,要看看我的芳村,看看芳村那些街道、那些人。有一个邻村的老妇人,特意到芳村找到我的家人,想让我"写写她"……

因为《陌上》,我跟故乡的人们重新相逢、相知,彼此厮认,相拥而泣。因为《陌上》,我用文字建构了一个真实的芳村,为我故乡的人们树一块纪念碑。因为小说,我在虚构的艺术世界里,建立生活的逻辑,确认命运的法则。因为写作,我找到了从内心通往故乡的隐秘小路,山高水长,我用文字去一遍遍丈量。

有多少回,当我在故乡的街道上漫步的时候,我小说中的某个人物恰巧迎面走来。我面带微笑,却心跳如鼓。有谁能够猜出,在我强自镇定的笑容掩盖下,内心的翻滚和汹涌?作为小说家,我曾经悄悄潜入他们的内心,亲口品尝过他们苦涩的泪水,偷听过他们琐碎的心事,得知了他们卑微的愿望,那些天真的微茫的不为人知的梦呀。我对他们是如此熟悉,又是如此陌生。

我立在故乡的大地上,与我笔下的人物重逢。这是一个小说家的隐秘时刻吧。悲喜莫名,一言难尽。

写尽天下人的心事

这么多年了，一个人在命运中辗转难安的时候，总是私下里暗自庆幸。吃了这么多的苦头，摔了这么多的跟头，孤单有时，绝望有时，哀伤有时，虚无有时。好在，一直都没有被磨蚀和损伤的，是对于生活的那份好奇心。

我自认是一个热爱世俗生活的人。在菜场里挤来挤去，挑挑拣拣。食物的香气在空气里流荡。小贩的叫卖声沙哑悠长。不知道谁家的孩子哭了。有人在跟卖菜的妇人说话，也不知道是斗嘴，还是调情。我在嘈杂的人群里挤来挤去，内心充满了安宁，还有欢喜。

大约，连我自己都不曾意识到，对于那些素昧平生的人，我究竟怀着怎样浓厚的兴趣。地铁上那个神情忧郁的男人，那个圆润安静的姑娘，那个穿着高跟鞋黑丝袜的长发女子，艳丽的妆容掩饰不了一身的风尘。他们在想什么呢？他们拥有怎样的人生？

我喜欢揣摩他们的内心,我想读懂他们的心事。我想把他们写进我的小说里,在我的笔下,同他们一道,再活一遍。你相信吗?有时候,在街上走着,迎面或许会走来一个人,你似曾相识。他可能在你的小说里出现过,在你的虚构里,他们过着另外一种生活。这生活,在他们的世界之外,神秘邈远,充满想象。你忍不住看了他一眼,终于擦肩而过。你认识他,而他不认识你。你微微笑了。抬头看天,装作看一只飞鸟掠过。这是一个小说家隐秘而天真的快乐。

《无衣令》中的小让,之所以令我的老同事们牵挂,是因为,这故事的背景设置,是报社。为此,我原来报社的老同事们,纷纷向我索书。我猜测他们的心事,大约不外两种:一是担心,担心自己被写进去,被不小心戳破了心事;二是好奇,看一看里面都写了谁。更有那些好奇心重的,想看一看,是不是其中有作家自己的影子。对于女作家,这种好奇心大约会更强烈吧。这是性别歧视呢,还是性别优势?

当然也不可否认,我所有的作品里,几乎都有我的影子。譬如说,《红了樱桃》里,樱桃的心事,何尝不是我的心事呢?偌大的京城,樱桃何止成千上万?从乡村到城市,精神的迁徙、心灵的动荡、情感的颠沛流离,在城市这个庞然大物的强硬碾轧下,樱桃们几乎无路可走。他们在北京的夜色里彷徨歧路,不知所往,满怀着无限心事,说也说不得。还有《醉太平》里的老费,中年男人的非典型生活,中国文人的各种不着边际的白日梦、小梦想、小野心、小痴念、小纠结,在内心蠢蠢欲动,欲罢不能,却终至无可奈何。个人总是被身处的时代所劫持。待要挣扎一番,不料竟还是困在局中,不得自在。

《出走》里的男主角陈皮,忽然有一天,想从平淡乏味的日常中逃逸出来。对妻子的不满,对庸常麻木的婚姻生活的厌倦,对年轻女同事的想象和绮念,对远方和未知的期待和寻找⋯⋯陈皮满怀壮志,一早离家出走了。然而,在自己家附近闲逛了大半日,黄昏时分,终于又回到家里,回到妻儿身边,回到他一直怨恨的生活之中。这样的结局,大约连他自己都感到意外吧。谁敢说,这个叫作陈皮的男人的心事,不是我们自己的心事呢?

还有《尖叫》里那个女主人公今丽,在婚姻巨大的滑行惯性中昏昏欲睡,那一声尖叫,仿佛一记响亮的耳光,把貌似完美无缺的生活,顷刻间打碎了。人性如易碎的瓷器,小心翼翼抱着,还是无妨的,这世上,不是情非得已,谁有勇气用力一摔呢。

《刹那》写一个女人的内心逃亡和回归。曲折幽微处,亦是小说家笔力纵横处。虽然看似平静,内里却有一种惊心动魄的东西在,令人不禁脊背上渐渐生出寒意。人生不易。有很多东西,是不能深究的。

或许是审美偏好的缘故,喜欢旧的东西:旧的人,旧的事,旧的光阴。相较于新,总觉得,旧的事物里有一种悠长的时间的气息,教人信赖,教人内心安宁。如果说小说也有色调的话,《旧院》的色调,应该是淡淡的琥珀色,流年似水,带走了很多,也留下了旧院里那些男人女人的斑驳心事。祖辈们在人前端凝方正,又熟悉又陌生,我总是想悄悄切开一道缝隙,窥探他们在生活的重压之下,不足为外人道的内心生活。

在《小米开花》里,我其实是想写出一个女孩子的隐秘心事,孤单的、敏感的,仿佛一根战栗的琴弦,脆弱、纤细,轻轻碰触,便铮然有声。那是一个小女孩儿的时光历险、懵懂茫然,在青春岁月里阴暗孤僻的隧道中独自摸索,青涩的疼痛,纷乱的时间的飞尘,对世事最初的想象和猜测,天真的执拗和貌似老练的世故……我试着慢慢打开那个小女孩儿紧闭的内心。没有人知道,那个小小的乡村女孩儿内心经历过什么。在小说里,她的父母,她的兄嫂,她的诸多亲人,都在她的紧闭的篱笆墙外,谁也不曾真正走近过半步。小说结尾,小米哭了。然而,这泪水不是那泪水。是苦涩还是甜美,除了小米,谁也不会有机会尝到这泪水的滋味。

《灯笼草》里的小灯,心事明明灭灭,似有还无。我喜欢在那些人性的边界处小心翼翼地游走,微妙的、惊险的、战栗的,有一种纠结于毁灭和新生之间的审美的力量,仿佛悬崖上恣意绽放的罂粟花,有多么绝望就有多么美丽。我敢说,小灯的心事,几乎是所有天下女子的心事。只是我无意中代她说出罢了。

小说家是怎样一种人呢?我理想中的小说家,应该是对生活、对生活在这个世界上的人,充满了热情,还有好奇心。他们既是这个世界的旁观者,又是这个世界的创造者。菩萨低眉,冷眼热肠,想试着勘破世道的隐情与人心的秘密。

写尽天下人的心事。这是一个小说家近乎狂妄的野心吧。

奇遇:短篇的馈赠与暗示

《爱情到处流传》获得蒲松龄短篇小说奖,是一个意外的惊喜,更是一种温暖的激励。

在我童年时代的乡村,夏日的夜晚,村头老树下,总有纳凉的乡人,讲古说今。夜露微凉,繁星满天。《聊斋》里那些灵异妩媚的女子,穿越淡淡的雾霭,从时间的旷野中翩然而来,令宁静寡淡的乡村夜晚变得浪漫而迷人。也正是那些如醉如痴的夜晚,让年幼的我懵懂地看到,在狭仄的乡村生活之外,还有一个宽阔而深邃的世界。我不知道,后来十年窗下苦读的动力,是否源于对这陌生世界的神往。我也不知道,童年时代的夏夜聊斋,是否引导我走上写作之路最初的心灵秘密。但我深知,作为我的精神根据地,童年经验和乡村生活,深刻地影响了我笔下的文字,影响了我看待世界的眼光和方式。

《爱情到处流传》也与童年有关,是发生在乡村大地上的爱情传说。这样的传说,在故乡的大地上繁茂丰盛,像遍野的庄稼草木,像绵长的鸡鸣犬吠。我不过是用童年稚拙的姿势,把它们小心捡拾起来,细心收藏。而今,这篇小说竟然与以蒲松龄命名的小说奖奇遇,这真是意外之喜,也是非常的荣幸。这是对多年前那些乡村夏夜的馈赠,抑或是对我这个徘徊在小说门外的写作者的某种暗示?

在这个喧哗纷乱的时代,短篇小说是越来越寂寞了。人们热衷追逐的很多东西,名利、市场、粉丝、回报率……短篇小说无能为力。然而,谁又能否认短篇小说的难度呢? 在某种意义上,最能考验作家艺术才情的,是短篇。这几乎可以作为衡量一个作家艺术能力的重要甚或首要的标准。由于篇幅的限制,短篇小说是无法藏拙的。几乎是在下笔伊始,一个短篇的命运便被决定了——是好是坏,都身不由己。在万把字内闪展腾挪,一招一式都容不得分毫懈怠和差池。一招不慎,累及全局。短篇小说是美好而纯粹的女子——完美主义与理想主义的结合,她的眼睛里不揉沙子;她心性孤绝清高出尘,不容许你犯错,更不给你悔过自新的机会。

然而,这也正是短篇的迷人之处。仿佛一场激情丰沛的短兵相接,激烈的、燃烧的、本能的、高强度的,它的刺激性在于它的挑战性,它的魅力在于它的冒险性。尘埃落定处,一个漂亮的短篇出世,这是对筋疲力尽的写作者最好的嘉奖。

倘若有人仅仅要从短篇小说中收获一个故事,那大多注定会失望。在资讯如此发达的时代,这似乎根本无须劳小说的大驾。文本外缘的激烈冲突固然重要,然而,文本内部的万千气象,似乎才更应该归于小说本身。自然,对短篇小说寄予的期待太多,也难免落空。短篇小说仿佛是一颗子弹,在不经意间击中你,让你疼痛,让你跳起来,或者倒下去;仿佛一粒石子,把你内心的平静打乱,在起伏和汹涌中,感受片刻的眩晕和战栗;亦仿佛一杯酒,在某一个沉醉的瞬间,令你飞翔、升腾,远离尘世。有时候,短篇小说仅仅是一个手势,或者一声叹息,惊鸿一瞥,令你在人生的某个时候停下来,静默片刻,或感慨,或恍惚,也或者,有了隐约闪烁的泪光。之后,继续赶路。

那么,究竟什么样的小说才是好小说? 这是一个难以回答的问题。总以为,好的小说,是一言难以道尽的。那些能够条分缕析的小说,总不免令人生疑。谁能够几句话说出一个人内心的浩瀚与曲折? 在有限的篇幅之内,有丰富的意蕴丛生,这或许是短篇的妙境。好的小说,丰沛、迷离、苍茫、云烟满纸、复杂多义、横看成岭侧成峰。其间的山重水复、柳暗花明,说不得。总有一些暧昧未明的东西,不易被人一眼看穿,令人情不自禁地时时反顾、回味,不得不停下来,流连不去。好小说应该有一个沉默不语的层面、幽暗未明的区域。很多时候,小说的好处,并不在于说出来的部分,而恰恰隐藏在欲言又止的地方。这是令人自由飞举的双翼,也是短篇小说最华彩的乐章。

在内心里越走越远

近来有不止一个人郑重地建议我,如《爱情到处流传》这样的小说,不要写了。这话听得多了,内心不禁茫然。我当然懂得朋友们的善意,还有良苦用心。这是大家对我的爱护,也是对我更高的期待和要求。对此,我在感激的同时,也时时反省自身,并心存警醒。很长一段时间里,我克制自己。然而,有很多东西,总会在一个人的时候,在心里慢慢生长,长出毛茸茸的翅膀,按捺不住,要扑棱棱飞出来。我是一个写作者。我想,我得听从自己内心的声音,它就在那里,凝视我,又安静,又喧嚣,让人轻忽不得。

在最近的一些访谈里,当别人问起《爱情到处流传》的时候,我总是会提起《旧院》。《旧院》是我的一个中篇,发在《十月》。其实,在时间上,《旧院》的完成,在《爱情到处流传》之前。可以说,这两篇小说,有着相同的根脉。它们的体内,流淌着相同的汁液。《旧院》是我对过去的好时光的回望和抚摩,是一个人的追忆逝水年华。我偏爱《旧院》，是因为，那里面有我太多的情感，有天真的狂想，有泪水和战栗，有苦涩和甜美，有一个孩子对世道人心最初的猜测和想象。如果说《旧院》是一棵树，那么，《爱情到处流传》或许就是这棵树逸出的旁枝，在春风春雨里，不经意间结出的一颗果子。我爱这果子的芬芳，但我更愿意在这芬芳里，时时返顾那棵沉默的树。

记得来鲁院前写的创作计划里，我打算完成《旧院》系列。在我的想象中，这将是一部长篇。这部长篇由一系列中短篇连缀而成。它们是独立的个体，而又相互关联。我在写，却不急于完成。我愿意做一个从容的手艺人，把我的活计耐心打磨。我享受这个过程。

鲁院真是写作的好地方。安静的院子里，玉兰开了又败。梧桐花在暮春的阳光下闪烁，是寂寞的浅紫。我坐在电脑前，一次次长途跋涉，回到乡村，回到旧院，回到时光深处，同我的亲人们重逢、相拥，喜极而泣。你相信吗？这个时候，我的写作，是一种流淌。这个词，是我在后来才找到的。是的，流淌。光阴如逝水，溢出情感的堤岸。那一种恣意和畅美，带给人温柔迷人的眩晕。我迷恋这种感觉。这个时候，我仿佛看到，世间的奥秘都向我敞开，我只需写下来。我还顾不上别的。我的一位朋友说，当我状态最饱满的时候，我写下来的，或许是我所能够写出的最好的东西。这话可能偏执了，但我仍愿意相信。更重要的是，我愿意用我的文字,一次次踏上回乡的旅途,去看望大地上的一切。那些朴素而美好的事物,在泥土里生长,成熟。它们是秋天的庄稼,等待我去细心收割。

忽然发现,有那么多的人和事,都被我轻易错过了。在漫长的、懵懂的光阴里,少经世事磨砺的我,随手丢弃了很多。而今,我只有通过写作,把它们一一找回。有时候不免想,作家,真是不顾一切的冒险者。不顾一切。除了自己的内心。在心灵的时空里跋涉,越走越远。或许,这将是一条不归路。远方在更远处,永无尽头。

想起了朋友们的忠告。他们或许是担心我的作品被打上某种标签。我写过一些乡村题材的作品。乡村叙事有一种自带的诗性。而作为写作者,远离故土之后,由于时空的暌隔与身份的超越,更为旧日的光阴赋予了一种特殊的美感。我想,关于我作品的一些评论,比如说,诗性、柔软、纯净、抒情,除去乡村叙事的审美特质,更多的或许源自我的文字所流露出的某种笔调或者气息。从审美情趣上,我大约应该偏于古典的一路。喜欢旧的东西,旧的人,旧的事,旧的时光。仿佛黄昏时分,寂寂的屋子里,一地的斜阳,敝旧而温暖。追忆,似乎是我进入写作的一条熟悉的小径,我往往被它的曲折和幽深蛊惑,一路飞奔。在一个创作谈中我曾经说过,相较于激烈动荡,我更偏爱宁静迂回。意在言外,于无声处听惊雷。我喜欢平静水面下的暗潮汹涌。喜欢小的东西。小的,总是好的。这话虽然偏颇,却也道出了部分真实。喜欢看杯水中的波澜。或许,人生的不可说处,往往不在华美的外袍,而在它的内里,那些细微的褶皱,不为人知的缝隙,暧昧难明的气息,尚未散去的微凉的余温。我羡慕那些在旷野中风云际会的文字,背景阔大,笔力雄健,行动处,风雷在耳。然而,也仅止于欣羡。我钦佩那些在跌宕开阖的故事里自如行走的作家。而我,更愿意走入人心深处,静静倾听情感潮汐的起伏和激荡。还有什么比人的心灵更浩瀚无边?我是一个固执的人。我愿意听从自己的内心,表达自己最渴望表达的东西。

也写一些别样的小说。比如,城市。最近的短篇《花好月圆》和《幸福的闪电》等,或可算作一次城市叙事的努力。仔细想来,最近发表的小说,竟大都是城市题材。这一点,令自己也惊讶不已。尽管这些小说还远未成熟,像一个顽劣的孩子,有着这样那样的毛病,但是,她在成长。虽然过程缓慢,但我知道我得有足够的耐心等待,等她长大。

无论如何,我想,作为一个作家,他只能——也必须是——灵魂的冒险者。在自己的内心深处旅行。义无反顾,越走越远。

在小说里发现我们自己

　　常常被人问,为什么写小说呢? 我答不出,只好支支吾吾,顾左右而言他。也常常被人命令着,谈谈怎么写小说。照例是面红耳赤,像一个答不出老师问题的小学生。不知道从什么时候开始,变得不大喜欢说话了。总觉得,有很多话,一说就错;有很多想法,一出口就是谬误。面对复杂的生活,我们总是言不及义。这个时候,我更愿意选择沉默。我不知道,这是成熟了呢,还是怯懦了。

　　算起来,弄小说也有十多年了。一件事,如果做了十年以上——我不想用坚持这个词,并没有人逼迫我这样做——我想说的是,一件事做了十年,大约是真的喜欢了。毕竟相比喝茶看戏,写小说算不得消遣。写作其实是一种艰苦的精神劳动,当然,写长篇巨著还需要充沛的体力、强大的意志,还有激情,持久的、不灭的内心激情。对于我来说,写作这件事,更多的是一直能从中

161

获得乐趣,还有慰藉,倒不以为苦。写作于我,大约还是一种治疗。治疗我们对人生苦短岁月倏忽的无奈。甚或是一种纠正。纠正我们漏洞百出狼狈不堪的人生。

对于小说,我向来是抱着平常心的。小说不过是道听途说,飞短流长。小说就是从"小"处说说。这是汪曾祺先生的话,也是一个优秀小说家的珍贵心得。大时代纵然是轰轰烈烈的,小民百姓却照例在平凡的岁月中日复一日,琐碎的哀愁、卑微的喜悦、微茫的心事,不足为外人道,然而一举手一投足却都是在大时代的幕布之下,被灯光和锣鼓映照着、呼应着,有一种意味深长的东西在里面。小说家即便不特意站出来悲壮慷慨地为时代立言,也都是题中应有之义了。谁能够自外于大的时代语境呢?

大约也因此,我常常对那些宏大的雄心抱迟疑态度。打着所谓的时代的旗帜,姿态急迫,难免步履踉跄,失了小说应有的风度,也失了小说的本心。而小说这驾马车,哪里装得下那么多呢?过于负重,即便不把马车压垮,也往往身形笨拙行之不远。

窃以为,小说是不得有功利心的。一旦存了得失心,往往就会坏了笔墨。小说大约就是三两个妇人,在街巷上屋檐下闲谈,东拉西扯,琐琐碎碎,全是日常。而街市上正繁华热闹,高头大马上坐着春风得意的人物,锦衣华服,光焰万丈。一个老妪提着一篮子新鲜青菜回家,荆钗布裙,神态安宁。这边一户人家在办喜事大宴宾客,那边一户人家却是举丧事而大放悲声。天边微风乱拂闲云飞渡,人间万物枯荣交替生生不息。时代的风云变幻,到底不过是历史的一瞬,而生活的密林万古长青。

小说家关注的是什么呢? 是人,是人的内心,人内心世界的风吹草动、山高水低,人的内心的幽微曲折、种种不可说处,正是小说家笔力纵横的地方。而人心映照出的是世道,是时代的波光云影。小说家对人的理解和认识,就是小说家对生活的理解和认识。厉害的小说家,世事洞明,人情练达。他是把人间万事都看破了,对人心的种种,他都了然于心。对这个世界,他是知情者。因为懂得,所以慈悲。从一开始,小说家就原谅了这个世界,原谅了世间所有的不圆满、不如意、不堪和不洁。真正的小说家都是菩萨低眉,对人类满怀悲悯。

或许每一个人都有自己的精神根据地,对于我而言,就是芳村。芳村不仅是我地理意义上的故乡,更是我的精神故乡。这么多年来,我一直在写芳村。我小说里的人物们,或者是身在芳村,或者是离开了芳村,到"别处"去。芳村在我的小说里是一个重要的地理坐标。我固执地认为,我的故乡在大地中央,我的芳村在世界中央。这么多年了,令我惊喜和感激的是,只要一写下这个词,我总能够领受到灵感的眷顾和恩赐。这是故土对我的厚爱吗?

《春暮》里的女主人公巫红,照例是来自芳村,带着明显的芳村的烙印。这烙印经过城市文明的反复冲刷,依然执拗地染在她的精神底色上。在时代的巨幕之下,巫红不过是一个平凡的小人物,尽管,她在芳村众人眼中是"发达"的"贵重人物",是天子脚下京华帝都的"城里人"。然而她所有的光荣和辉煌,大约不过是芳村对她的虚拟和想象,也是乡村对城市的幻想和期待。从芳村到北京,从乡村到城市,巫红这样一个女性,跌跌撞撞,遍体鳞伤,她固执地保持着体面的姿势,却无法不在无人的深夜里痛哭失声。小说家想要探讨的,是巫红的内心究竟经历了什么,她在人生风雨扑面而来的时候,如何自持,如何自我纠正、自我平衡、自我抚慰、自我救赎。

巫红的梦想和野心初步实现,是从芳村到省城。那个痴情的男孩子小巨,那段最初的懵懂恋情,最终都没有敌过她内心深处的骚乱和不安。她舍弃了岁月静好的期许,也舍弃了一个平凡庸常的千篇一律的人生。正如她后来痛切领悟的,就在多年前那个暗伤别离的秋夜,她把一生的爱情亲手埋葬,埋葬在时间的尘埃里。而那个秋夜的秋风秋雨,大约是某种暗示,或者隐晦的修辞。

居长安,大不易。在冠盖云集的京城,她这个来自芳村的女子感到一种莫名的威压。她与蒋江潮的恋情,更多的是出于利益的计较和考量。他是她的金主,是她事业上的保护伞,有了这把保护伞,城市的凄风冷雨都被遮挡在外面。她贪恋着伞下这一点温暖和安全,这一点人生小确幸。她从来没有敢于问过自己的内心,她爱他吗,如果可能,她是不是会和他携手终老。这或许是巫红这一类女性的生存策略。在城市的巨大碾轧之下,本能的生存

164

欲望打败了内心深处的柔情哽咽和低声哀求。

　　老钟的出现，是一个意外。小说在这里出现了转折。老钟与她的感情，恋爱结婚，倒是顺理成章。至于究竟是老钟诱惑了她，还是她诱惑了老钟，本就是一笔糊涂账，不说也罢。老钟待她的种种深情，物质的、精神的，她都一一领受了。老钟还让她圆了衣锦还乡的好梦。老钟细腻、体贴、周到，最重要的是，他许她一世安稳日月。在这场婚姻中，她不敢说不幸福。她该"识局"，正如她母亲告诫她的。如果把芳村的生活作为参照，她应该识局。如果同之前独自打拼的那些艰难时光相比，她更应该识局。她也在内心提醒自己，不要起义，不要对生活有反抗之心。然而，当与生活的真相四目相对，她还是受不了内心的一再逼视，她顺从了自己的本性。

　　巫红和老钟分手，是另一个意外。分手的原因一直秘而不宣，直到故事即将结束的时候——这不是故意吊读者胃口。我是想强调：偶然性，偶然性在生活中的不可说处。偶然性令我们的生活千差万别，偶然性令我们一唱三叹。我们在偶然性面前瞠目结舌，我们在偶然性面前手足无措。在小说中，偶然性其实扮演着重要角色，诡异的、戏剧化的，叫人欲哭无泪、欲笑无声。在某种意义上，偶然性是小说叙事的巨大动力。它能成就小说，也能毁掉小说。在《春暮》里，有很多偶然。只有这个偶然，对人物的命运起着决定性作用。纯属偶然，巫红在老钟的手机里发现了秘密。这不仅仅是老钟和蒋江潮之间的秘密，也是老钟和巫红之间的秘密。这个秘密看似柔软无害,其实是不能深究。

当然了,或许,我们的生活都是经不起深究的。于是我们就闭了眼睛由它去。我们其实不仅是麻木,不仅是犯懒,我们更多的是恐惧,恐惧猝不及防地看见生活的狰狞面目。于是,我们选择与生活握手言和。

小说里,巫红的问题就在于,她较真,她执拗。她不放过那些暧昧不明之处,她一定要横平竖直黑白分明。仿佛一个孩子,被大人警告着,不要打开一个盒子。她偏要亲手打开,看一看里面隐藏的秘密。她即便看到了也可以守口如瓶,若无其事。可是她偏偏就要揭竿而起,起了反叛之心。她勇猛地冲破生活的重围,她一定要救出深困其中的那个真实的自己。她为此伤痕累累。她为此代价惨重。然而,这不是巫红的错。

我对小说里的巫红是抱着极大的爱惜的。我爱惜她、敬重她。在某种意义上,她是一个勇士。虽然,她也有很多明显的弱点,虚荣、爱面子、算计、有各种小私心。然而,这都无损她的光彩。巫红是一个有光彩的人。这光彩来自她的内心,因为背后阴影部分的存在,越发熠熠生辉。

小说里的另一个女性霞飞,她跟巫红是闺中密友,性格迥异,其实却是巫红的另一种可能。霞飞在生活的河流里随势俯仰,从不为难自己。面对困境,她更愿意选择最近的那一条小路。她从来不惮于小路上的荆棘和沼泽。她在世俗的欲望里纵情深陷,对生活抱着不恭的蔑视的微笑。她不愿意跟生活计较,她懒得拂拭明镜上的飞尘。巫红和霞飞这两个女子,虽然千差万别,可依然是闺中密友。我猜想,大约是因为,她们惊讶地在对方身上发现了另一个自己。她们相互排斥又相互吸引,相互轻视又相互赞赏。她们不仅是现实生活中的好友,更是精神意义上的姊妹。我不想承认这是我故意的安排。但霞飞,她对这个世界做鬼脸的时候,我承认神态迷人。我承认我受了她的蛊惑。

当我写下这些小人物的生活的时候,我想我也写下来这个时代的浮光掠影。他们平凡的故事,正是发生在时代巨变的复杂语境之中。我不想阐释小说的主题,那不是小说家的事。我想说的是,这些小人物,我写下他们的人生,为我置身其中的时代生活做一些旁注。

《春暮》依然是以女性视角,写的女性经验和情感。女作家写女性,大约更容易贴心贴肺,因为有同理心,深知其中痛痒和甘苦。当然,大约女作家永远难以逃脱被窥视的命运。读者总是不免猜测,小说里的主人公是谁,是不是就是作家本人。我不敢信誓旦旦地保证,小说里的人物与我毫无干系。我也不能再一次虚构,说巫红和霞飞正是我自己。我只能说,小说里有我的影子。巫红有可能是我,霞飞也有可能是我。当然,她们,还有蒋江潮,以及老钟,也有可能是你。如果你在小说里发现了自己,那大约是对小说家最大的安慰吧。

167

在虚构的世界里再活一遍

人生如朝露，转瞬即逝。自古以来，有多少人在感叹着岁月倏忽、去日苦多啊。对小说家来说，写作，或许是反抗时间、反抗虚无的一种最好的方式，是一种自我安慰，是对现实世界的修正，或者补偿。小说是虚构的艺术。虚构，是小说最基本的叙事伦理。写小说，不过是打着虚构的幌子，说一些能够自圆其说的谎话罢了。小说家最大的本事，就是能够让这满纸谎话令人信服，令人惊叹，为之喜悦，为之哀矜，甚至，为之捶胸痛哭，为之仰天长啸。至于那些在小说前面或者后面，郑重声明此书纯属虚构，切勿对号入座的，我以为，不过是叙事策略之另一种，是小说家的狡黠了。

十年间世事苍茫，无非是沧海与桑田，浮生若梦。有多少春花秋月，都在时间的流逝中渐渐模糊，终至湮没了。而那些闪闪发亮的瞬间，那些叫人怦然心动的片段，那些暧昧的混沌的难以命名的段落,那些零乱的细节、阴影里的光亮、沉默里的声响,似是而非,又千真万确。那些难以尽述的人生百种滋味,不可说。往往是,不待开口,就已经后悔错了。然而,幸运的是,我还有小说。

在小说里,小说家按照内心的法则,重新创建一个世界。且不说别的,这个过程就足够令人着迷。在这个意义上,小说家是创世者。他创造了一个艺术的世界,这世界是一潭秋水,映照出现实世界的山重水复。有时候,是真实的影子;有时候呢,是影子的幻觉。在创世的过程中,小说家有时候是果断的,杀伐决断,生死予夺,大权在握。更多的时候,是犹豫不决,是瞻前顾后。他不自信。不自信里又藏着他的自负。面对着他即将创建的那个世界,他是自负的。相较于现实生活的处处悖论阴错阳差,他对于自己的内心法则更胸有成竹。小说家永远是矛盾的。

比如我。当我写《爱情到处流传》的时候,我是怀着温柔的哀伤,追忆我的父辈的逝水年华。我揣测他们的青年岁月,那是他们的时代。我怀着近乎冒犯的勇气以及由于禁忌而来的惶恐,想象他们可能的爱情,他们生活中的那些罅隙、那些灰尘、那些破绽和漏洞、那些伤疤和创痕。我的父母,不过是像天下的父母一样,在儿女面前端正、得体,有慈爱也有威严。像很多中国乡村的父母一样,一生为了儿女,善于掩藏自己的情感,无暇顾及自己的内心。找儿乎从来没有追问过,他们的内心生活是怎样的。他们快

169

乐吗? 他们满足吗? 这一生,他们是不是有着无法弥补的遗憾,或者难以为外人道的哀愁? 我想建造一个世界,在这个世界里,慢慢问询他们藏匿一生的心事。我想替他们活一遍。

于是,我写了我的父亲和母亲的故事。我以童年视角,揣测成年人的莫测的世界。有读者看了,以为那父亲便是自己。也有人,悄悄地把母亲引为知己。还有四婶子,不过是天下男子理想中的女性形象,活该她在情爱的世界里受尽苦楚和煎熬。这篇小说之所以至今还令人记得,大约是写出了很多人的隐秘的心事,写出了他们的甜蜜和痛楚。他们在小说里看见了他们自己,隐约认识了他们漫长的一生。我呢,在小说里代替我的人物们流泪或者欢笑。我是把他们的人生当作自己的可能的人生了。

《旧院》也是。童年视角,追忆的姿态,温暖怀旧的调子,淡淡的蒙着灰尘的忧伤。我试着写下典型的中国庭院里那些家族故事,写出时间的流逝里,那种令人心痛的盛衰感和命运感。那个院子里盛放了一个孩子对于生活最初的理解,对世事的懵懂猜测和天真幻想。《笑忘书》也是旧院系列,仿佛一个乡村人物志。这些人物仿佛一道道月光,在我的童年时代投下迷人的影子。我在这月光的温柔照拂下慢慢长大,当终于有一天,我有机会拿起笔来写作的时候,当我面对一个即将出现的艺术世界,我便已经知道,那世界里一定有那月光在流动,遥远、缥缈,但却温柔而真切。

我出身乡下。我故乡的那个小村庄,藏在华北大平原的一隅。它一直在我的小说里,或隐或现。我有相当一部分乡村题材的小说,都与这个村庄有关。在我的笔下,它叫作"芳村"。仔细想来,"芳村"这个名字,第一次出现,是在短篇《爱情到处流传》里。后来,"芳村"就名正言顺地存在了,好像是,忽然之间活了,有了呼吸,有了生命,有了体温和心跳。我写下了一大批关于"芳村"的小说,《六月半》《小米开花》《锦绣年代》《灯笼草》——大多是中短篇。即便是那些所谓的城市题材的小说,那些主人公,男人或者女人,也大都是从芳村来。芳村,是他们的出处,是他们的来路。他们的城市生活,无论是成是败,是光鲜亮丽还是破败不堪,都是同芳村生活有着对照和互文的。《花好月圆》里的桃叶、《那雪》里的那雪、《无衣令》里的小让、《红了樱桃》里的樱桃、《醉太平》里的老费、《秋已尽》里的遇钧、《那边》里的小裳,他们在欲望都市的河流中俯仰跌宕,总会在某个怅然失神的瞬间,温柔而痛楚地想起芳村——他们的来处,他们梦想出发的地方。我写下他们,其实也是在写我自己。从芳村到京城,一路走来,有多少内心的风暴、精神的断崖、心灵的荆棘或者锦绣、命运的歧路或者坦途,纵然一腔柔肠千回百转,也只能长叹一声,在小说里吐出那些郁郁之气。究其实,我不过是借这些人物的酒杯,浇我自己内心的块垒罢了。

我写乡村,也写城市。有人说,我写得好的,还是乡村,是我的"芳村"系列。我听了只是笑。我是个大赞同以乡村和城市来把题材区分开来的。文学是人学。无论乡村还是城市,写的是不同生活场域中的人的处境、人的精神境遇和心灵遭逢。乡村也好城市也罢,文学处理的,是人类内部的精神事务。文学是心灵的事业。无论如何,小说所着力探究的,是人的内心,是人性的波澜起伏和幽微明灭。总觉得,这样的题材划分,终究是把小说弄得狭窄了,僵硬了。小说之谓,不过是道听途说,飞短流长。无论是城市的咖啡馆,还是乡村的麦秸垛,只要有人群的地方,这样的道听途说、飞短流长都是绵延不绝的吧。

因为"芳村",我的写作有了一个精神根据地,也有了一个鲜明的辨识度极高的标签。往往是,提起来,就会提起"芳村"。中国现当代文学史上,这样的例子也不在少数。我倒是不反对这样的标签。我想,这大约不是出于叙事策略的考虑,而恰恰是源于小说家本能的创作冲动。对于我而言,芳村是我的故乡,是我的根脉和血缘所系。我的童年时代在那里度过,我最初的对人世的想象和理解、猜测和困惑,都跟芳村有关。我是在多年之后,才深刻领教了童年经验对于我这一生的重要意义。童年经验在一个人生命里的烙印,怎么说都不为过。多年之后,当我提笔写作的时候,写芳村,几乎就是我的一种本能,是下意识。那些情感经验一直在时间深处沉睡着,等待有一天,被我们的想象唤醒并且擦亮。

十多年里,我一直写中短篇,尤其是短篇。我偏爱短篇。大约,这同我对生活的理解有关。短篇不过是写出了生活的某个瞬间。路过人家的院子,无意中瞥见墙头上悄悄垂下来一根丝瓜。一个微笑着的女子,转身的刹那眼角隐约的泪光。一对夫妇之间令人煎熬的固执的长久的沉默。一个打错的电话对整齐的秩序的轻微打扰。一次聚会在庸常光阴的水面上投下的悸动的波澜。这些生活的细部,琐碎、微妙、复杂、不足为外人道,有很多时候,我们都把它们轻轻放过了。小说家却能敏感地抓取,令人震惊地呈现。短篇的魅力或许就是,在人生的长途中,偶然失神、怔忡、微笑,忽然间热泪盈眶。然后,叹息一声,继续赶路。

我写短篇极快。我享受那种一挥而就的快感。这些年,随着年纪渐长,倒不那么轻易下笔了。生活太复杂太宽阔了。面对庞杂的生活,我竟然变得越来越胆怯了。胆怯而脆弱。我被生活的激流裹挟着,沉沉浮浮,俯仰不定。我领教了生活的厉害。我也见识了生活的幽深和广大。我越来越感到,我所看到的,我所感受到、触摸到的这庞大的变动不居的生活,仅仅是短篇的话,已经不足以容纳和表达了。长篇小说,以它的容量、体量以及分量,以其巨大的吞吐能力以及对复杂生活经验的表现和阐释,注定了要与时代生活发生密切关联。写作十年,我想,是时候了,写我的第一部长篇。于是,有了《陌上》。

关于《陌上》,我想说的太多。在一些访谈和对话里,我说到了我的创作初衷。我其实是想,为我的村庄,为我的故乡我的亲

173

人们,立个小传。他们沉默、忍耐、强韧、艰辛。他们看上去粗糙木讷、近乎麻木,但是谁能看破他们的内心呢?在时代巨变中,他们那些卑微的心事、琐细的哀愁,那些心灵的风暴,如何慢慢酝酿、累积,终至于爆发。在命运的泥泞之地,他们如何安放有洁癖的道德;在生活的重围中,他们如何满怀困惑,寻求突围之路。我想代他们写出来。不是出于所谓的乡愁,也不是出于知识分子居高临下自以为是的启蒙和救赎的冲动,仅仅是因为,我懂得他们。因为懂得,所以疼惜。

我与语言的私密关系

写小说就是写语言。这是汪曾祺先生的一个著名论断。有点偏执,近乎一种偏执的真理。最初看到这句话,觉得这老先生实在是厉害,一句话就道破了小说的奥秘。谈小说的文章实在太多了,用汗牛充栋来形容,亦不为过。独独这句话,简直就像一个武林高手,一剑封喉。小说是语言的艺术。写小说,可不就是写语言吗?

如果说,某作家的语言好,我更愿意把这句话理解为,某作家的小说好。在这里,语言就是内容,就是思想,就是审美,就是情绪,就是文化,就是风格,就是作家的思维方式——语言几乎就是一切。相对于一篇小说,语言的重要性,似乎怎么说都不为过。

作家和语言之间的私密关系,有点像,怎么说,情人——我不知道这个比喻是不是恰切。作家和语言,是相互之间的寻找,是彼此的给予,也是彼此的馈赠。几乎在第一秒钟里,偶尔对视,只需一个眼神,便懂得了。悠然心会,妙处难与君说。那一种与生俱来的默契,教人心旌摇荡。欢喜的,得意的,紧绷的,忐忑的,像是一场约会渐渐逼近,一个人在小路的某个拐弯处等待一个人。写作的过程,就是去赴约的过程。是探索,也是发现。一颗心怦怦乱跳着。风吹过来,抚摸着微烫的脸颊。手心里湿漉漉的,额角上出了细细的一层汗。

这是一次美妙的、百感交集的旅程。战栗、痛楚、动荡、期待。作家坐在家里的书桌旁,他微笑了。甜蜜的、羞涩的、不安的,有一点紧张,也算中年人了,莫名其妙地,竟仿佛一个青涩的少年,怀揣着缥缈的心事,隔着窗子,看那窗外的天空,云彩闲闲的,一朵一朵地乱飞。花木繁茂,随着风的起伏高高下下。他像是看见了,又像是什么都没有看见。也不知道,他的心飞到哪里去了。

这个时候,倘若家人过来递茶,他多半是不理的。同他说话,也等于是对牛弹琴。他兀自在那条小路上走着,走着,越走越远。忽然,路边的草丛里飞起一只蝶子,他好奇心动,竟然一路随着那蝶子去了。蝶子停停落落,像一个五彩斑斓的谜。交叉的小路出现了。等待的人在这边,他却被吸引到了另一边。小说叙事开始出现了动荡、倾斜、起伏,枝叶从树干上斜逸出来了,作家却顾不得修剪。茂盛的枝叶纷披下来,垂到河面上,抚弄起一圈一圈的涟漪,久久不去。作家在那一河的涟漪面前,痴立,出神。他顺手端起那一杯茶,慢慢啜一口,却早是凉茶了。这才惊觉,他已经被

176

那只蝶子吸引着,走了很远。

这是一场作家和他的语言的约会。是吸引和拒斥,是蛊惑和逃离,是拯救和被拯救,是修辞和被修辞。这是作家和语言的私密关系。

前一段,在一个访谈里,也被问到语言。老实说,在语言上,我大多时候是幸运的。或许是对语言有一种天然的敏感,在我这里,语言好像总是知心的。知冷暖,知甘苦,它懂得我隐秘的心事。语言之于我,更像是一个熟稔的情人。体贴、温暖、随意,却又激情暗涌。我们之间,总是不缺少美好缱绻的时刻:灵犀一点,便是自由的飞翔。至少,直到现在,只要我愿意坐在电脑面前,只要我敲起我的键盘,约会便开始了。不同的是,是语言找到了我,而不是我找到了语言。我惊讶地看着,那些人物,他们各自说着各自的话,在我的笔下一个一个地活过来。那些茂盛的细节,在我的笔下渐渐发芽,生长,闪闪发亮。语言,在我毫无准备的情况下,突袭了我,直教人且惊且喜。这是语言的馈赠,也是生命的馈赠。我也曾经深以为奇,但这是真的。语言,或者说灵感,直到现在,总是记得眷顾我这个愚钝的人,愿意在出其不意的时候,来敲响我简陋的单薄的门。要知道,并不是每个家伙都能够有这样的幸运。除了感恩和珍惜,我还能够做些什么?

或许,这也同自己的精神气质有关。我说过,在写作这件事上,我不是一个埋性的人。我几乎从来不做计划。除了坐在电脑

177

前,对着屏幕的时候,我几乎从来不想我的小说。我喜欢在小说里恣意妄为,这是语言上的恣意妄为,是放肆,也是狂欢。我很少有过那种苦思冥想的时刻。在写作上,我不是那种"吟安一个字,捻断数茎须"的苦吟派。总觉得,这样的状态,这样状态下出来的文字,是可疑的。左右斟酌不定,胡子都拈断了多少根,想来,那该是多么枯涩艰难的语言。固然,也有可能是精致的,却恐怕少了那一种毛茸茸的新鲜的质地。有时候,木头的剖面不见得光滑,那些毛刺,那些粗粝的茬子,那些天然的不规则的纹理,也是美的吧。

我说过,我不是技术派。艺术是需要技术的吗? 或许是,也或许不是。相对于技术,我更愿意相信,艺术是审美的情感的产物。有时候,说一个小说技法老到,活儿干得特别漂亮,可是这小说偏偏没有打动人心的力量。究竟是哪里出了问题呢? 我想这或许是一个舍本逐末的例子。无技之技方为大技。技术,终究是其次的事情。所谓的羚羊挂角,无迹可寻;所谓的盐在水中,是不是也是这个道理?

还有,我不喜欢修改。写了就写了。写了就好了。写了就完成了。我非常享受那种一挥而就的痛快。那种满足感、完成感、创造感、成就感,教人觉得,这世界上,至少有一部分,是自己可以把握的。或许也是因为这个,我更迷恋写短篇。短篇小说,因为短,一切都来不及。来不及说出一句完整的话,来不及做一个完整的手势,来不及呈现一个完整的命运,甚至,来不及发出一声绵长的叹息。一切,还没有开始,就已经结束了。就像偶然路过一个园子,透过半掩的小门,只来得及一瞥,便走过去了。那门缝里的风景,转瞬即逝。然而就是那惊鸿般的一瞥,却有很多偶然的事物,不经意落入眼里。半堵墙,几棵蔷薇,一只老猫懒懒地卧着,夕阳下,帘子半卷,一个女子落寞的影子,在地上忽明忽暗。或许,这一瞥之下,便藏匿着生活的某个秘密,藏匿着一个命运的暗示,藏匿着一个需要用语言来栽植和培育的故事。我们不得不承认,这随意的一瞥,便有可能注定了一个短篇小说的诞生。

短篇,也因为它的短,空间逼仄,令人不得任意挥霍,却实在是对一个作家才情的考验。长篇和中篇,允许心有旁骛,允许泥沙俱下,部分的小范围的流连或者游荡,都是于宏旨没有大碍的。它有足够的容量,等着你迂回,等着你转身,等着你浪子回头,自圆其说。短篇却不然。它容不得人犯错,也从来不给人改正的机会。有时候,一句话错了,便全错了。一句话足可以毁掉一个短篇。同样地,一句话也足可以成就一个短篇。在短篇小说里,语言就是一切。这几乎是一个真理。短篇没有完整的故事吸引你,没有激荡的命运抓住你。短篇小说,几乎全凭借语言这把利斧,披荆斩棘,为作家,为读者,也为小说自己,杀出一条生路。

短篇是决绝的。我喜欢这种决绝,不知道是不是和我的性格有关。在日常生活中,我不是一个决绝的人,杀伐决断,拿得起放得下。相反地,在有些时候,在有些事情上,我有那么一点优柔寡断。也或者,在我的骨子里,其实是有一种坚硬刚绝的东西。它只在我的内心深处隐藏着,像是一个自己也参不透的谜底,却被我的语言猜破了。

我不喜欢修改。修改是什么?是对既有的事情表示质疑,是动摇,是迟疑,也是悔悟。我愿意信赖我的语言。我几乎对它百依百顺。在小说里,我一任自己的语言恣意生长,我从不劝阻它们。我喜欢那种近乎冒犯的快感——不顾一切,怀着某种破坏般的欲望,以及摧毁一切坚硬事物的豪情。也可能是因为,在现实生活中,过于四平八稳,在世俗的条条框框里,规行矩步,被束缚久了,苦了,在文字中,便要享受难得的放纵。是谁说的,写作是对现实缺憾的弥补,或者修正。我觉得很是。

我理想中的写作状态是流淌。语言不顾一切地流淌,没有刻意的修饰,也没有苦心的打磨,没有枯竭,没有停顿,也没有中断。敲击键盘的速度跟不上语言流淌的速度。谁来了就是谁。我几乎不假思索。我只管把它们敲下来,敲下来。这是写作最过瘾的时候,也是最心醉神迷的时候。这个时候,几乎,这个世上所有的奥秘,都向我敞开了。我看到了,我写下了。我在语言的世界里放纵,在这个世界里,我是我的王。我用语言,重建了一个世界,是虚拟的,也是真实的;是有限的,也是无限的。这是我的疆土。我策马奔腾,衣袂飞扬。风吹过来,吹落了脸上的汗水,还有泪水。一个人，无论在生活中多么卑微，有着所有小人物都有的真切的痛楚，以及琐碎的悲伤，可是，语言拯救了他，最终拯救了他。这实在是一种写作的巅峰体验。

一个作家，甘愿放弃那么多世俗的享受，只把自己关在书房里，面对着空白的文档，像一个困兽、一个疯子，写啊写。是不是，正是这样的巅峰体验，教人不舍？教人甘心受苦，化作笔下无数个人物，在别人的命运起伏里，度过一生，或者几生？

有时候，也怀疑这种纸上生活的虚妄。觉得，红尘滚滚，有那么多繁华热闹、声色欲望，为什么一定要这样选择呢，选择这样一种孤独的事情？写作，是一个人的战争，一场没有输赢的战争，是一个人的自言自语。写作，其实也是一种孤单的内心生活。然而，这个世上，有谁不是孤单的孩子？

好在，还有语言。这个时候，语言是最忠贞的伴侣，是痴心的情人。语言一声不响，却构建了一个喧哗纷繁的世界。白纸黑字，它是我们曾经来过的痕迹，是血与肉的证词。是不是可以这样说，没有语言，就没有这种纸上生活？

我热爱语言。我和语言惺惺相惜。拯救和被拯救，这是我和语言的私密关系。

经典在我们心中

在通常的意义上,所谓经典,是大浪淘沙留下来的金子。是岁月的烟尘纷纷落定后,依然光焰万丈的"那一个"。千年前的一句诗词,穿越时间的林壑,在某一个瞬间,电光石火般击中你,让你疼痛、战栗,寝食难安。这是经典的力量。

我想,可以称之为经典的文本,至少,应该具有某些独特的品质。苍茫、幽微、复杂、多义,宽阔浩瀚,烟雾缭绕,有万千气象,一言难以道尽。真正的经典永远都不是静止的,它是汹涌的、动荡的、蓬勃的,历久弥新,具有某种顽强的生长性。往往,读者受到邀约或者吸引,和作者一同上路,山重水复,柳暗花明,遍尝甘苦。在这幸福的苦旅中,精神的磨砺,心灵的成长,情感的颠沛流离,凡此种种,都是经典的馈赠。而不断生长中获得的新质,使得经典自身愈加繁茂深秀,枝叶纷披,充盈饱满。卡尔维诺说,一部经典作品是一本永不会耗尽它要向读者说的一切东西的书。这话说得极好。

有人说,在当前的时代语境之中,到了重申经典意识的时候了。这显然表达了对当下文学创作的焦虑和忧心。以小说为例,诚实地说,整体状况是令人不满的。在我们身处的这个大时代,面对浩浩荡荡、生机勃勃的生活的激流,我们的文学想象,应该从何开始,通往何处?这是值得思考的问题。当下很多小说,只专注于焦躁而肤浅的故事编织,而忽略了文学应该具备的内在意蕴:诗意和深邃,崇高和悲悯,典雅性和精神性,仰望星空的神性,人类共通的隐秘的精神孔道……忽视了这些,就忽视了文学应有的艺术品质和审美特质,文学也就不成其为文学。所谓的小说,充其量不过是通俗故事的一种翻版。鉴于此,很多人慨叹,如今,经典离我们越来越远了。

果真如此吗?

在某种意义上,其实,经典就在我们身边,在我们心中。优秀的作家,一定是从经典中走来,最终向经典走去。这里有一个问题颇堪玩味。在我们咿呀学语、混沌初开的时候,有谁不曾鹦鹉学舌般地背诵唐诗宋词?蛾眉婉转,独上高楼,倚遍阑干,天涯望断。千载而下,那些精神因子在我们的血液中一代代积淀下来,成为最令我们神往和沉醉的生命姿态。京戏里那些欢喜得意缘、千古伤心事;《红楼梦》里那些中国人最日常的情感和生活,那些世道和人心,都是我们曾经的旧梦,或者说,是我们的新梦不可或缺的章节,是华彩段落,是最敏感的神经,稍一碰触,便余响不绝。

置身于这个伟大的传统之中,置身于经典的精神场域里,我们所应该思索的,是如何以我们的艺术才能,以我们对时代生活的理解,对经典进行某种超越、突破,甚至冒犯。优秀的作家,总是具有某种能力,在看似终结的地方开始,为我们提供新的审美经验,创造新的艺术质素,开拓新的审美疆域,重建新的审美法则。优秀的作家,在他所身处的时代,无论世俗身份如何卑微,在文学王国中,他是他的王。

问题是,我们是否能够顺利地找到那神奇的精神密码?那个秘密的孔道,它一端接通着经典,一端接通着我们。它隐藏在幽暗的不为人知的角落,荆棘遍地,只有不贪恋大路的繁华热闹、世俗的过眼浮云,热忱、执着而近乎偏执的人,才有可能最终抵达。经典是一个具有历史维度的词语,通常情况下,它需要时间的淘洗,经由后世来认定。这里不可避免地带有某种宿命的意味。在某种意义上,作家几乎是混沌的。或许,这是作家难得的境界。作家在世时所有的寻找,都有一个巨大阴影覆盖下的未明区域,沉默,未知,隐秘,不动声色。它在作品中的投影,恰恰是作品最深邃迷人的那一部分,是作家的精神秘密。而读者的一次次闯入,激起的波澜和涟漪,以及那些溢出和飞溅,纬线一般,织进作品的肌理,成为与之相融相生的血肉。

经典就在我们心中。关键是,我们是否有足够的力量,同它对话,在它言不及义的地方,尝试出发。我们是否有足够的野心,同它交锋,在审美的边界揭竿而起,为文学立法。

当我们在写作的困境中走投无路的时候,或者,在写作的顺境中,依靠惯性自动滑行的时候,不妨停下来,重温一下活在我们心中的经典。我以为,这几乎是我们向经典致敬的唯一方式。

春天,和我的小说们谈谈

最近举办了我的作品研讨会。

对于研讨会,我倒是抱着一份平常心。当然,忐忑是一定的。总觉得,自己的这些浅薄的文字,怎么禁得起这么多评论家编辑家的研讨?平日里,可以躲在文字的幽暗处,做一些不着边际的白日梦,抱着一丝不被识破的侥幸。然而此时此刻,真的是要完全"暴露"了。面对自己的集了,一时间悲从中来。想来这些年的好光阴,只留下这薄薄的几页纸——竟是大多虚掷了。惶恐也是有的。兴师动众,全为了这些幼稚的文字——情何以堪?

《爱情到处流传》(简称《爱情》)之外,有很多人谈到了《旧院》。这真是让人喜悦的事情。《旧院》的写作,远在《爱情》之前。我曾经在一篇创作谈中说起,如果《旧院》是一棵树,那么《爱情》,便是这树上结出的一枚果子。同《爱情》的热闹相比,《旧院》就寂寞得多了。惹得一些朋友为它不平。然而,我总觉

186

得，正如人一样，每部小说都有自己的命运。我相信这个——虽然，私心里，我更偏爱《旧院》，就像母亲在众多子女中独偏心一个，几乎没有什么道理——当然，仔细想来，竟还是有的。比方说，因为这孩子的孱弱，因为他的乖巧，或者，仅仅因为他是家中最小的一个。有时候，这原因是秘不示人的——譬如，在孕育他的时候，母亲吃了许多的苦头。《旧院》，就或多或少有这后一样缘由。在这部小说里，有我自己，有我的故乡、我的亲人、我逝去的永不再回的好时光。在城市里辗转多年，是《旧院》的创作，令我找到了回家的路。诸多评论家认为，《旧院》艺术难度大，丰富而宽阔，是我目前为止最好的作品。这话自然有激励的意思。我在惶愧之余，以为这是中肯的意见。当时，《十月》杂志常务副主编陈东捷老师也在座。《旧院》原载《十月》，经陈老师之手编发。冯敏等老师甚至认为，《小说选刊》应该把《旧院》重新"发现"一下——有一个《发现》栏目，意在发现那些遗落尘间的小说佳作。这自然也是另外一种激励。更重要的是，我惊喜地看到，人们正试图拂去时间的灰尘，重新回到《旧院》，回到我多年前的故乡。这真好。

也有人谈到了《小米开花》。《小米开花》是一个短篇，原载《中国作家》2009 年第 2 期。关于《小米开花》，王干老师表示，要专门写一篇赏析文章。这篇小说是我早期的作品。当时发表出来，并没有获得多少好评。甚至，还有一些批评的声音。批评是尖锐的,而且偏离了学理,下了一些粗疏而草率的判断——这一件小事,令我至今不敢对我的作者们稍有懈怠。作为编辑,对于作家的作品,我总是在力所能及的范围内,从文本出发,给予客观评价——由于初习小说,对作品的反应总有一些不恰当的谨慎,在这样的声音面前,自然是困惑的。也或多或少地,令我在面对这类题材的时候有些犹豫不决。一度,曾经打算把《小米开花》做成一个系列,然而,终归不了了之了——究其实,这是一个作家缺乏自信的表现。如今,又有人旧事重提,倒把当年的那一点创作冲动撩拨起来。心里,其实一直没有把那个叫小米的女孩子放下。她就在我的心里,藏着,只待我悄悄走过去,蒙上她的眼睛,让她大吃一惊。

还有《灯笼草》。写这个短篇的缘由,竟真的是一棵灯笼草。有一次回乡下,趁了家人午睡,一个人到野外去。是个初夏。依然是那条青草蔓延的村路。远远望去,麦田上流荡着淡蓝色的烟霭。大河套在更远处,苍茫隐约。那是我童年的天堂。有乡人在田间直起腰来,好奇地朝这边张望。他们果然认不出我了。午后的阳光照下来,路边的田埂上,有一棵灯笼草,开着淡粉色的小花。在那一瞬间,我被这粉色的小花深深触动了。于是便有了《灯笼草》。小说中,那一个美丽质朴的村妇,是生长在乡间大地的众多女子中的一个,她们的绽放和寂灭,如同这灯笼草,在大平原的皱褶中,那么热烈,也是那么寂寞。何向阳老师认为,《灯笼草》写出了人生的寂寞和忧郁。倘若果真如此，作为写作者，我便觉得十分安慰了。

至于《红颜》，这是我最近的一个中篇。因为是新作，并没有收入这部集子里。关于这篇《红颜》，真的是毁誉参半。当初《十月》准备刊用的时候，也是颇费了一番踌躇的。最终，主编陈东捷老师认为，这是一篇有特点的小说。陈老师的意思，相较于我另一篇的中规中矩，这篇《红颜》，有一些探索或者尝试在里面。我也承认，这篇小说的确算不得成熟。有读者喜欢它，大约是从中依稀看到了传统的影子。千载而下，传统文化的精神气质在中国人的血液里一代代沉积，逐渐生长成自己的血肉、筋骨，成为自己身体的一部分。一经碰触，便会有疼痛和战栗。也有人把《红颜》视为我的转型，担忧转身即是悬崖，此路不通——当然，也有人认为，这恰恰可以视为我的城、乡叙事之外的第三条路径——对于这种困惑和担忧，我当然能够领会此中的善意和苦心。在最近的一个访谈中，我曾经说过，这篇《红颜》，在我，其实更像一个游戏之作。如同一个不安分的孩子，偶然被一只红蜻蜓吸引，便毫不犹豫地循着翅膀的痕迹追去了。可能他会收获一只美丽的红蜻蜓。也可能，他一无所获。这都不重要。重要的是，他经历过，尝到了追逐的乐趣或者苦趣。《红颜》的写作，更多的是一种尝试，语言上的尝试。在《红颜》中，我试图用中国气质的语言，讲述中国气质的故事，抒发中国气质的情感。那些旧日家族中的种种，蛾眉婉转,柔肠百结,独上高楼的怅惘难言,遍倚阑干的欲说还休;那些隐秘的心事,幽微的人性;那些是非恩怨,爱恨情仇。它们是中国传统文化中深邃迷人的部分。我想,只有用具有中国风的文字,才能够于万千中表达一二。

谈到小说的格局、气象、"大"与"小",我很愿意谈一下自己的看法。在最近给《光明日报》写的创作谈中,我曾经说过,喜欢小的东西。或许,人生很多不可说之处,往往会在文学里发出声响。作为一个作家,我往往怀着好奇之心,去打开生活的褶皱和纹理,发现里面的隐秘的人生。我相信这人生里一定有你,有我,有他,有人类某种共通的秘密。我并不以为,写日常人世,就显出了小说的"小";正如同我也并不以为,宏大高阔的叙事,便是小说的"大"。把宏大叙事和崇高主题同日常的绵长的人性关怀对立起来,其实是一个由来已久的误区。在这一点上,我以为,贺绍俊等老师的意见,是客观的。

这次研讨,是名副其实的研讨。这真好。研究、探讨、商榷,甚至有交锋——在现场,有人感叹,参加过这么多研讨会,像今天这样的,还是第一次。从宏观的创作方向,到文本内部的细读,甚至具体到某一个句子、某一个词语,都在大家的话题之内。由此,第一次知道,"这是真的",这个句子,竟然是张爱玲用过的。李建军老师博闻强识,甚至还指出了详细出处。而我,竟没有读过这篇散文。只不过把它当作语气助词,偶尔用以调节叙事的节奏罢

190

了。这是真的。坦率地说，喜欢张爱玲，更多的是因为她对世道人心的体察，对人情事理拐弯抹角处的洞幽烛微，而不是她的语言。还有"锐叫"。究其实，只是个人的用语习惯，总觉得，比"尖叫"更陌生化，多了一些书卷气——这当然是没有来由的。

诸位与会的专家都有很多精彩的言论，或含蓄浑朴，或一语中的，或婉转，或犀利。微言大义，全是我的良药。

春天，和我的小说们谈谈。这真好。于我，这是一次生动的文学课堂，是写作中途的加油站，是激励，也是鞭策。我是幸运的。我想，除了用心写作，我不知道还能够做些什么。这是真的。

或者慰藉,或者馈赠

新长篇完成后,我以为我会马不停蹄地开始下一部,就像以前那样。激情的余烬还在,而灵感的焰火缓缓升腾。在现实和虚构之间自由出入,我迷恋那种激情燃烧的状态。这是生活的馈赠,慷慨而美好。事实上,我已经开始了。正是岁末,新春在望。春到山河逐日新。这是我当时给《学习时报》写的新年特稿。然而,疫情来了。

我再没想到,疫情竟然改变了我的写作计划。我放下手头的长篇,开始写短篇。疫情防控期间,我一口气写了十多个短篇。仿佛同一个久别的老友重逢,在多事的不平凡的庚子年,我回到短篇小说,在多年老友那里获得温暖的慰藉,以及绵长的情义。

《地铁上》写的是地铁上的一段偶遇。封闭的空间,飞驰的地铁,熟悉的陌生人,变与不变,真实与谎言,时间与命运,青春、梦想、记忆以及爱。窗外是北京的夏日,窗内是喧嚣的人间。人物之间的对话漫不经心,牵扯出驳杂丰富的现实人生,挣扎与呼喊,泪水与微笑,心事微茫,泪水飞溅。主人公梧桐与张强的邂逅,看似偶然,其实可能包含着生活的某种法则吧——我不想说生活的可能性。在城市的茫茫人海中,他们匆匆赶路,来不及诉说,甚至来不及倾听。是地铁,这现代交通的铁兽,城市文明的标志物,为我们的主人公提供了诉说与倾听的可能。他们的对话漫无边际,不时被外界打断。车站、乘客、广告牌、风景,车窗上的映像堆积,汹涌而来的往事。人物对话之间的缝隙,仿佛比对话本身更具有丰富复杂的意味,这是小说内部的张力一种吧。我喜欢呈现这种张力。命运的琴弦在慢慢绷紧,即便是轻轻触摸,都会发出意想不到的声响。小说最后,人物对话还在继续,却在轻而易举的拨动中,把之前的叙事戏剧化地颠覆了。我不认为这是生活的荒诞。生活的本质是什么呢?梧桐说,生活的本质就是,千差万错,来不及修改。张强在短暂的叙事中对自己的生活做出修改,仿佛是一个出色的小说家,在一个短篇里虚构了一个真实的世界。是对不圆满的现实生活的弥补吧,抑或是对充满缺憾的命运的抚慰。哨兵老师说,《地铁上》写得极为放松。是的。时隔多日,我依然记得当时的写作情境,几乎是一气呵成,几乎没有任何修改。我漫不经心地开始,漫不经心地结束。我在这种漫不经心中获得难以描述的愉悦,以及满足。窗外是庚子年的新秋,果实累累,沉静而斑斓。

《金色马车》中的老太太,其实是我们现实中的邻居。多年来,我们一直深以为苦,后来竟渐渐习以为常。有时候听不见她的动静,我们会觉得纳罕——我不想说是牵挂。这么说吧,这位邻居的喊叫,已经成为我们日常生活的一部分。这听起来不可思议,但却是事实。这位老太太,称得上是一位芳邻。她容貌清雅,举止斯文,有一种大家闺秀的风度。即便是骂人,也是书面用语,显示出一个女性知识分子良好的教养——我敢断定,她是一个读书人。在电梯间碰上,她微微颔首,算是矜持的问候。当然,这是几年前的事情了。这两年,我们没有看见过她。这两年,我们只闻其声,不见其人。她的声音依然高亢,却渐渐有了力竭之感。间歇时间越来越长,而喊叫的内容经年不变。有时候,我们看见有人从隔壁进出,中年女性,或许是女儿吧,而那姑娘,应该是女儿的女儿。她们见了邻居,大多是避让的。我猜测,这避让里有歉意在里面,为了老人的扰邻。当然,也为了那歇斯底里的咒骂,不堪入耳的内容。一直以来,我想写写这位邻居,尝试想象一下她漫长的一生,一生中经历的人和事,爱和恨,伤害与谅解,破碎与完整,安慰与救赎。我设想着,应该是一部长篇的容量,用想象和虚构,勾勒一个女人蜿蜒曲折的一生。竟日困在家中,隔壁的呼喊和咒骂如此清晰,如此频繁。高亢的激情中的声嘶力竭,歇斯底里中的绝望与无助,我仿佛看见一个人在命运的深渊面前彷徨无地,而夜空苍茫,没有星和月。人心是多么浩瀚的海洋呀,可以容纳那么深刻的痛苦和欢乐,哀伤和忧愁。那些呼喊和诅咒,爆发的泪水,骤起的哀号,是理性的崩溃吧,是痛苦的溢出吧。命运的风暴来得如此激烈,在风暴中走失的人,我们该如何用文学把他召回?

我喜欢金色马车这个意象。金色马车,不过是卧室窗帘上的一幅图案。在无数个深夜,窗帘意味着庇护,意味着安宁。外部世界的风雨,被窗帘遮挡。而金色马车,是飞驰和远方,是逸出和越轨。我、母亲、隔壁老太太,女性情感和命运,女性的内心世界和精神逻辑。我不知道,《金色马车》这个短篇能给读者提供什么。我也不敢确定,生活的门轴轻轻转动,转瞬即逝的刹那间,我们能否蓦然惊觉,发现深藏生活中的某些秘密,或者玄机。

值得一记的是,这次写作计划的改变,令我重新发现了短篇小说的魅力。我发现,她自始至终吸引我,吸引我去探索,在人生的狭窄处寻找宽阔,在命运的幽暗处寻找光亮。

猛虎嗅蔷薇,或者密林里那些身影

　　作为同行,当我面对这一套《当代中国最具实力中青年作家作品选》的时候,心里既有感佩,亦有骄傲。这些当代作家中的佼佼者,他们活跃在中国当代文学现场,以他们的文字,以他们对时代生活的深刻洞察、对复杂人性的执着追问,以他们对小说这门艺术的理想追求,抵达了这一代人所能够抵达的高度。作为女性作家,当我面对这些男性作家作品的时候,心里既有惊诧,又有震动。相较于女性,他们看待这个世界的眼光是如此的不同。在某种意义上,他们的视野更加宽阔,更加辽远。他们的姿态更加从容,更加镇定。有时候,他们也犹疑、彷徨、踌躇不定,他们在那些人性的罅隙里流连、张望,试图从习焉不察的细部,窥见外部世界的整体图景。然而更多的时候,他们是自信的、确定的。他们仿佛雄鹰,目光锐利,势如闪电。他们在高空翱翔,风从耳边呼啸而过。山河浩荡,岁月绵延,世界就在他们脚下。

在读者眼中,李浩或许属于那种有着强烈个性气质的作家,具有鲜明的个人标识。多年来,李浩近乎执拗地致力于小说艺术的探索,建构起独属于自己的艺术王国。他是谦逊的,又是孤傲的,貌似温和家常,其实内心饲养着野生的猛兽,凶猛而锐利。他是野心勃勃的小说家,不甘于通达却庸常的大路,深山密林的冒险于他有着更大的诱惑。

同为河北四侠,刘建东则属于藏在民间的高手,大隐于市,是另一种不轻易露相的"真人"。低调、内敛,甚至沉默。他深谙小说之道,是得以窥见小说堂奥的有幸的少数。以出道时间计,刘建东成名甚早。对于创作,他是严苛的、审慎的。他只肯留下那些精心打磨的宝贝,绝不允许自己有半点闪失。从这个意义上说,他是悲观的吧。时间如此无情,而又如此有情。大浪淘沙,总有一些东西终将远去。

骨子里,或许叶舟更是一个诗人。他在文字里吟唱,醉酒,偃仰啸歌,浪迹天涯。莫名其妙地,我总是在他的小说深处,隐约看见一个诗人的背影,月下舞剑,散发弄舟,立在群峰之巅,对着苍茫天地,高声唱出心中深藏的爱与哀愁、悲伤与痛楚。叶舟的小说有一种浓郁的诗性的气质,跳跃的、不羁的、沉迷的,有时候柔肠百转,有时候豪气干云。

从精神气质上,或许胡性能与刘建东有相通之处。他不张扬,不喧哗,在这个热闹的时代,他懂得沉默的珍贵。他的作品也并不算多,却几乎篇篇锦绣,字字留痕。大约,他是爱惜自己的羽毛的吧。他从不肯挥霍一个小说家的声名。生活中的胡性能是平和的,他只在小说里暴露他与世界的紧张关系。他是复杂的,正如他的小说,又温和又锋利,又驳杂又单纯。

刘玉栋则显然具有典型的山东人的精神特质,沉稳、有力,方正而素朴。他以悲悯之心,注视着大地上的万物。他的文字里饱含着深切的忧思,对故乡土地的深情,对前尘往事的追念,对人间情意的珍重,对世道人心的体察。他用文字构建了一个自足的精神世界,他在这世界里自由飞翔。小说家刘玉栋飞翔的姿势耐人寻味,不炫技,不夸耀,却自有动人心魄的力量。

广西作家群中,田耳和朱山坡是文学新势力的优秀代表。同为 70 后一代,田耳有一种与生俱来的小说家的敏感气质,外部世界的细微涟漪,都有可能在他内心深处掀起惊涛骇浪。他看着那浪潮起起落落,风吹过来,鸟群躁动不安,俗世尘土飞扬,一篇小说的种子或许由此慢慢发芽,生长。他期待着与灵感邂逅时的怦然心动,享受着一个小说家隐秘的不为人知的幸福时光。朱山坡则一直坚持在"南方"写作。他丝毫不掩饰自己的执拗,也不打算解释自己的"偏狭"。南方经验,南方记忆,南方气息,南方叙事,构成了丰富而独特的文学的"南方"。他执着地构建着自己的"南方",也构建着自己的小说中国。这是一个小说家的自信,也是一个小说家的强悍。

江南多才俊。同为浙江作家,东君、海飞、哲贵却有着强烈的差异性。多年来,哲贵把温州作为自己的精神策源地,信河街温州系列成为他鲜明的文学地标。他写时代洪流中人心的俯仰不定,精神的颠沛流离。他在文字里仰天长啸,低眉叹息。生活中的哲贵,即便是酒后,也淡定而沉着。作为小说家的哲贵,他只在文字里喧哗与骚动。而海飞,文学成就之外,近年更在影视领域高歌猛进,声名日炽。敏锐的艺术触角、细腻的感受能力,赋予了他独特的个人气息,黏稠的、忧郁的、汹涌的,丰富的暗示性,出人意料的想象力,看似波澜不惊,实则激情暗涌,成为独有的"这一个"。与海飞、哲贵不同,东君的写作,却是另一种风貌。他的文字浸染着典型的江南气质,流淌着浓郁的书卷味道,古典的、传统的、温雅的、醇正的,哀而不伤,含蓄蕴藉。东君深受中国传统文化浸润濡染,深得传统精髓之妙。在某种意义上,他既是传统的,又是现代的。在人们蜂拥"向外"的时候,他选择了"向内"。他是当代作家中优秀的异数。

　　在同代作家中,黄孝阳有着强烈的探索的勇气和激情。他以自己充满野心的文本,努力拓展着小说的思想疆域和艺术边界。他是不甘平庸的写作者,永远对写作的难度心怀敬畏。他飞扬跋扈的想象力、一意孤行的先锋姿态,以及由此敞开的内部精神空间,新鲜的、陌生的,万物生长,充满勃勃生机,挑战着我们的审美惰性,也培育着我们的阅读趣味。

中国当代文学现场,藏龙卧虎,总有一些身影隐匿,有一些身影闪现。无论是显是隐,他们都是这个世界的在场者、亲历者和创造者。他们以斑斓的淋漓的笔墨,勾勒着我们这个时代复杂蜿蜒的精神地形图。或者高歌,或者低唱;或者微笑,或者流泪。他们在文字的密林里徜徉、奔跑。心有猛虎,细嗅蔷薇。

是为序。

戊戌年盛夏,时京城大热

本文系《当代中国最具实力中青年作家作品选》序

江湖夜雨十年灯

　　今年是《小说月报》和《散文》创刊 40 周年,福伟主编叮嘱写几句话,说若是写一写同刊物之间的故事,就更好了。仔细想来,我还真没有在《散文》发过稿子。真是惭愧。但想到自己一个弄小说的,也就暗暗自我原谅了。然而,我却是《散文》的忠实读者。《散文》主编惠仁兄,极爱他那一手好字,一直有一个隐秘愿望,想着哪天得了机缘讨要一幅。至于跟《小说月报》,缘分就更深了。

　　我很记得,第一次读《小说月报》,还是在老家乡下的时候。好像也是个秋雨天气吧,大人们不知道忙什么去了,我一个人,待在家里看一篇小说。我是在后来才知道,那篇小说是张洁的《祖母绿》。那时候,我几岁?反正是一个小孩子,囫囵吞枣,也读不大懂,但真的被小说里那迷人的气息深深吸引。现在想来,也不知道那本《小说月报》是从哪里来的,一个乡村小女孩儿的懵懂童年的日常,忽然被一本刊物照亮。这简直是一个奇迹。

多年以后,当我的小说被《小说月报》转载的时候,我依然记得当年,一个细雨绵绵的下午,细雨打湿了深秋的村庄,一个孩子抱着一本刊物,在暗淡的光线中,被一种神奇的力量久久震慑。那时候,她再没料到,多年以后,她会同这本刊物发生深刻的密切的关联,从刊物的读者,到刊物的作者。及至后来,当我在《小说选刊》做编辑的时候,当我主持《长篇小说选刊》工作的时候,同《小说月报》之间,更多了一重关联。作为选刊,我们选优拔萃,披沙拣金,我们为读者奉献丰盛的精神食粮,共同致力于中国当代文学现场的建构。我们是同行,是同路人,我们是并肩战斗的战友。

我很记得,我最早被选载的是一个短篇,叫作《对面》,原载《朔方》2009年第12期,《小说月报》2010年第1期选用。那时候,我刚写作不久,还是一个新人。《小说月报》的选载,对于我,无疑是一个极大的激励和恩惠。记得当时,还有人专门从外地来京找我,好像是一家出版社的老总,带着编辑,就在我们单位附近的一家餐馆,谈《对面》,谈小说,谈能否把书稿给他们出版。后来的事情,都不大记得了。总之是,那一次我很受震动。第一次,因为一篇小说,被期刊社约稿,还那么郑重其事。第一次觉得,你的读者不是抽象的,而是具体的,是可以触摸的一个个生动的人。后来,几乎每年都有作品被《小说月报》选载,中篇《无衣令》、短篇《那雪》、中篇《醉太平》、短篇《一种蛾眉》、短篇《道是梨花不是》、短篇《尖叫》、短篇《闰六月》等,并且,这些作品大都被收入各种年选本。

为了写这篇小文,我重新检视了十多年来的创作年表。十年间,我的作品被《小说月报》选载,有十来篇。也就是说,十年间,《小说月报》一直在密切关注着我的创作,陪伴我一起成长。这真是令人深感温暖。也因此,对与一本刊物之间的这种深刻关系,倍感珍惜。我也是办刊人,大约更加深知,一本刊物,对于一个作者的成长意味着什么。是陪伴与馈赠,是激发与照亮,是培育和扶植,是滋养并成就。而如《小说月报》这样声名卓著的老牌文学刊物,历史悠长,资历深厚,四十年来,从不曾缺席,始终在场。记录时代精神,引领社会风尚,培育民族审美,书写中国故事。《小说月报》功莫大焉。

桃李春风一杯酒,江湖夜雨十年灯。

"流言"：也说"女作家"

坦率地说，对于"女性写作"这样的概念，我向来是心存困惑的。

写作便是写作，为什么要强调"女性"呢？——既然并没有特意提出"男性写作"。正如人们一向喜欢做一些"女作家系列"，或者在公布名单的时候，括号中标明"女"，总教人觉得有些过于郑重其事——这郑重后面，大约有深长意味存焉。

有一种通常的说法：幸福安稳的生活是写作者的大忌。仿佛作家合该都是这个世界上颠沛流离的失意者。与此相类的推断便是，作家，尤其是女作家，大多是同生活格格不入的人。或者如伍尔夫一样高贵而忧郁，或者像三毛一样远走撒哈拉，浪迹天涯。她们在生活的边缘游走，或沉醉不归，或放浪不羁，不食人间烟火，不似人间常态——这是大多数人对女性作家的一种约定俗成的想象。而她们的作品，便往往成为好奇心重的索隐者们窥视的窗口。人们企图从中发现"真相"。女作家似乎永远也无法逃脱"被看"的命运。这令人悲哀。

经常被人问及,某作品中某个人、某件事、某个场景——他们是真的吗?发问者兴致勃勃,被问者却无比尴尬。这真是令人无奈的热情和天真。

比方说,看了《爱情到处流传》,便有人常常问候"我"风流儒雅的父亲。《花好月圆》中的那个茶楼,也常常被人在饭局后商量不定的笑谈中提起。而我"理想男子的标杆",则是《旧院》中的"表哥"无疑了……自然,都是玩笑的口吻,然而,有谁听不出戏谑背后的那一分认真呢?仓皇中反观文字中的自己,也觉得面影重重,不可深究。再下笔的时候,有那么一瞬间,不免有一些迟疑了。仿佛担心真的泄露了内心的秘密——然而只是那么一瞬,便过去了——写作的时候,我并不是一个理性的人。

关于我的名字,一直到新近,仍有朋友不甘,建议我改。理由是,这名字太普通了,必得起得刁钻一些才像。像什么?自然是像女作家。还有意见说,这名字太淑女了,不够泼辣,容易给人造成良家妇女的印象,作品也被贴上诸如此类的标签。这自然是朋友们的好意,虽自心领了,但仍然不预备改正。果真是"名不正则言不顺,言不顺则事不成"吗?这曾是张爱玲的纠结。当然,即便改了名字,做派也必得改。我不抽烟——偶尔点一支在手上,也只是出十好奇;有时适量喝酒——聚会的时候倒不至于扫了大家的雅兴;不穿奇装异服——过于规矩了,甚至有一些保守。性格呢,也还平顺随和——这似乎更不像了。以至于有朋友抱怨说,我的印象记不好写——因为缺乏触目的特点。

有几篇小说,比方说《出走》,我是以男性视角来写的——这是我的故意。我愿意在某个时刻,把自己化身为男性,以男性的眼光,重新打量这个世界。这是一件非常有意思的事。我喜欢其中的挑战性。

当然,我也承认,相比较而言,身为女性,女性视角写作更为方便。我能够更加轻易走进人物内心,我深知她们的甘苦,我对她们抱有同情之心。在某种程度上,我就是她们,她们就是我。至少,她们是我的无数可能性中的一种。她们是我的无数影子的叠加,或者重合。老实说,在我的文字中,写得最多的依然是女性。《爱情到处流传》中的母亲、四婶子,《旧院》中的姥姥、四姨、小姨,《花好月圆》中的桃叶,《锦绣年代》中的小春子,《旧事了》中的丰佩、温小棉,《无衣令》中的小让……我热爱她们。我愿意用文字为她们在世间留下痕迹。

自然,也有很多男性作家,他们笔下的女性形象光彩照人。他们深知她们的一切,他们简直是她们的情人。男性作家在书写和表现女性命运方面,或许做得更出色,走得更远——如果不是"最"的话。

这里有一个问题。什么是女性写作? 是女性作家的写作,还是以女性为写作对象的写作？抑或是，女性作家以女性为写作对象的写作？

据说，当年丁玲曾拒绝杂志女作家专辑的约稿。我不是一个女权主义者，也缺少决绝的女权主义的姿态。对于出版社策划的女作家丛书，我欣然应允。对于杂志社的女作家小辑，我也从善如流。有需要配合推介的照片，也并不忸怩。工作之余，我坐在电脑前写作。写作之余，提着篮子上街买菜，扎着围裙在厨房里炖鱼，为错过的一件漂亮衣裳伤心流泪，为孩子的成绩单发愁。为什么不呢？这是与我们耳鬓厮磨的生活。我们生活在这个俗世，深陷红尘。文字，不过是我们同世界交谈的一种通道。对于我而言，写作只是生活的一部分，而并不是生活的全部，更不是生活本身。我承认，我缺乏那种"以血为墨"的凌厉姿态。

由于性别差异，女性独特的生命体验、情感经验、审美发现，以及对世界的审视角度，都有着与男性迥然不同的特点。女性与生俱来的天性，比如细腻、敏感、柔软，在某种意义上，或许令她们更容易同这个世界相处，更容易消除同这个世界的紧张关系。女性在写作上付出的努力，并不比男性少——甚至在某种程度上，她们付出得更多。在整个人类生存和延续的过程中，女性由于孕育的天性，能够更深刻地体验生命的艰辛和喜悦，因而能够更深刻地理解新生和死亡，理解生命的意义。女性需要付出更多的爱，需要承担更多的负荷。从这个意义上讲，或许女性与文学有着某种更为天然的默契。

然而，无论如何，文学是人学。而"人"，自然包括男人和女人。那么，如何以人类意识统摄女性意识，以"人"学观照"女性"学，如何发掘和表现"人"性，恐怕是一个值得深思的问题吧——无论是男作家还是女作家。

"小说家的散文"丛书

《旅馆里发生了什么》　　王安忆　著

《拜访狼巢》　　方　方　著

《出入山河》　　李　锐　著

《青梅》　　蒋　韵　著

《写给北中原的情书》　　李佩甫　著

《星斗其文，赤子其人》　　汪曾祺　著

《熟悉的陌生人》　　李　洱　著

《一唱三叹》　　葛水平　著

《泡沫集》　　张　欣　著

《写给母亲》　　贾平凹　著

《无论那是盛宴还是残局》　　弋　舟　著

《已过万重山》　　周瑄璞　著

《众生》　　金仁顺　著

《如果爱，如果不爱》　　阿　袁　著

《故事与事故》　　蒋子龙　著

《回头我就变了一根浮木》　　潘国灵　著

《三生有幸》　　北　乔　著

《我的热河趣事》　　何　申　著

《天才的背影》　　陈　彦　著

《我的小井》　　乔典运　著

《那张脸就是黄土高原》　　红　柯　著

《遇见》　　石钟山　著

《扔掉名字》　　　　　　　宗　璞　著

《你可以飞翔》　　　　　　赵大河　著

《乡里旧闻》　　　　　　　孙　犁　著

《或者慰藉　或者馈赠》　　付秀莹　著

（以出版时间先后排序）

图书在版编目（CIP）数据

或者慰藉 或者馈赠／付秀莹著. -- 郑州:河南文艺出版社,2024.9. --（小说家的散文）. -- ISBN 978-7-5559-1709-0

Ⅰ. I267

中国国家版本馆 CIP 数据核字第 2024TE2968 号

选题策划	梁素娟
编　选	郁　文
责任编辑	梁素娟
书籍设计	刘婉君
责任校对	梁　晓

出版发行	河南文艺出版社
本社地址	郑州市郑东新区祥盛街 27 号 C 座 5 楼
承印单位	河南瑞之光印刷股份有限公司
经销单位	新华书店
开　本	787 毫米×1092 毫米　1/32
印　张	7
字　数	136 000
版　次	2024 年 9 月第 1 版
印　次	2024 年 9 月第 1 次印刷
定　价	45.00 元

印厂地址　河南省武陟县产业集聚区东区（詹店镇）泰安路

邮政编码 454950　电话 0371-63956290